集英社オレンジ文庫

ハケン飯友

僕と猫の、小さな食卓

椹野道流

本書は書き下ろしです。

Contents

イラスト／内田美奈子

ハケン飯友
僕と猫の、小さな食卓

一章

猫、短い旅に出る

「旦那《だんな》、今日は箸《はし》ですか、それとも匙《さじ》ですかね」

「僕は箸でいいよ」

「合点《がってん》です。じゃあ、俺っちだけ匙とフォークを」

そんな、一般家庭の夕食前ならありふれた会話。

でも、会話の相手は「猫」だと言ったら、どうだろうか。

たぶん、誰も信じてくれないと思う。

それどころか、「大丈夫?」と心配されてしまうかもしれない。

でも、本当なのだ。

勝手知ったる人の家とばかりに、食器棚《しょっきだな》の引き出しを開け、箸と箸置きとスプーンとフォークを鼻歌交じりに取り出し、茶の間のこたつに運んでいる、ジャージ姿の若い男。

あいつは、猫だ。

ただし、普通の猫ではない。

いや、そもそも人間の姿に変身できて、人間の言葉を流暢《りゅうちょう》に話せる時点で、何ひとつ「普通」などではないのだけれど。

猫との出会いは、三年前の一月。

職場が突然倒産し、茫然自失《ぼうぜんじしつ》状態でやむなく帰宅する途中、僕は近所の叶木《かのうぎ》神社に何となく立ち寄った。そこに住み着いていた灰色の大きな猫が、彼だったのだ。

一人暮らしで友達もいない孤独な僕が、「一緒に食事をしてくれる友達がほしい」と神社のご祭神にお願いしたところ、なんと、その日の夜に、神様の指示を受けたその猫が、我が家に派遣されてきたのだった。

嘘だろう、と思いたくても、僕の目の前……ではなくとも、僕の目の前にあったテーブルの下で人間の姿に変身されてしまっては、現実を受け入れざるを得ない。

あの夜のことを思い返すたび、未だに信じられない気持ちも一緒に甦《よみがえ》る。

でも実際、あの夜からほぼ毎日、猫は夕方になると人間の姿でやってきて、僕と一緒に夕食を食べて、しばらく喋《しゃべ》っていく。

今となっては、それがあまりにも当たり前の日常になってしまい、猫がたまに用事があって（猫の集会やら宴会やらで、彼も色々と多忙らしい）来ない日には、なんだか寂しくて、食事を作る気力がなくなってしまうほどだ。

「あとはコップとぉ、そうだ、旦那。チューハイの春の新商品、なんか試しました？　どれもバカに旨《うま》そうですよね。俺っち、桜味はイマイチ興味ないかな。どっちかってぇと、イチゴ味のやつを飲んでみたいですねえ」

「いや、まだだけど。イチゴはともかく、桜味なんて出てるんだね」

僕は、深さのあるフライパンに湯を沸かし、その中から出汁《だし》パックを引っ張り出しながら、チラと茶の間を振り返った。

猫はこたつの前に突っ立って、彼が来るまで物寂しくてつけっぱなしだったテレビを見ている。

「どこからそういう情報を得てくるわけ？　うちのテレビ？」

「それがメインですけど、ほら、今は神社の社務所《しやむしよ》に、ちょいちょい猪田《いのだ》の孫がいるんで、訪ねてくる人間も増えたんですよ。だから、世間話を三角耳に挟んだり……」

「『小耳』じゃなくて『三角耳』なんだ」

「そこは、猫のこだわりって奴でございますね」

昔の飼い主の口癖《くちぐせ》だったらしい、無闇に丁寧《ていねい》な語尾でそう言い返して、猫は得意げな笑みを浮かべた。

猪田の孫、というのは、猫と出会わせてくれた神様がいる叶木神社の新しい宮司《ぐうじ》、猪田尚人《なおと》さんのことだ。

先代宮司が彼の祖父で、その遺志を継いで神職の道に入ったらしい。

でも、神職になる前から、彼はパン職人として生計を立てていて、今も駅前で「パン屋サングリエ」を経営している。

ベーカリーと宮司の二足のわらじなんて……と僕はビックリしたけれど、猪田さん曰《いわ》く、兼業神職は珍しくないそうだ。どんな業界でも、一つの仕事だけで食べていくのは難しい世の中なのかもしれない。

猫は「神社の猫」、つまり神様のお使いになったことで、普通の猫よりずっと長い寿命《じゅみょう》を与えられているようだ。

何しろ猫は、「猪田さんの子供時代も、先代宮司のこともよく知っている」のだから。

最初の飼い主一家に捨てられ、ボロボロになって辿《たど》り着いた叶木神社で、猫は猪田さんの祖父である先代宮司と、神社のご祭神に温かく迎えられた。

以来、何十年も「神社の猫」として境内《けいだい》で暮らしている。

当の猪田さんは、猫のことを、「子供の頃、神社に住み着いていた猫の子孫」だと思い込んでいるが、猫は、自分が人間の姿になれることを含め、諸々《もろもろ》の事情を打ち明けるつもりはないらしい。

まあ、気持ちはわからないでもない。僕だってそんな話、信じてもらえないと面倒だから、必要に迫られるまでは黙っておくと思う。

それに、そんな裏事情を知らなくても、猪田さんはもともと猫好きで、猫が暮らす拝殿《はいでん》の中に、猫のためのベッドとトイレまで設置してくれたそうだ。

「あの猫トイレって奴は、いいもんですねえ。さらっとした砂を前脚で掻《か》く気持ちよさったらねえですよ。猪田の孫が、毎日綺麗《きれい》にしてくれますしね。あと、気の利《き》いた陶器《とうき》の食器と、ちっとお高そうなカリカリも、俺っち専用に買ってきましたよ。あいつ、なかなか見どころがあります」

少し前、絵に描いたような「上から」っぷりで猪田さんを褒《ほ》める猫に、僕は思わず噴き出してしまったものだ。

そんなことを思い出していたら、猫がヒョイと横に来て、フライパンを覗《のぞ》き込んだ。

「なぁんだ、いい匂《にお》いはしますけど、今夜は汁だけなんです？　貧ぼ……清貧《せいひん》、とか言うんでしたっけ、こういうの」

「失礼だな！　これから色々入れるんだよ。清貧どころか、今日はちょっと奮発した」

僕が答えると、猫はアーモンド型の目を期待に煌《きら》めかせた。

「おっ、いいですねえ。いつもよりでっかいフランクフルトですか？　それとも、鯛《たい》の尾《お》頭付《かしら》き？」

「価格に凄《すご》い開きがあるな、そのふたつ」

僕は苦笑して、シンクに置いていたアルミの小さなバットを持ち上げてみせた。

「ご期待に添えなくて申し訳ないけど、どっちでもない。魚の切り身だよ」

すると猫は、ジャージの腰に両手を当て、あからさまにガッカリした様子で首を振った。

「それじゃ、いつもと同じじゃねえですか。まあ、丸ごとだって切り身だって、赤くても白くても旨いですけどね、魚ってやつは」

僕は苦笑いのまま、バットを調理台に移し、今、ざっと水洗いしたばかりの魚の水気を、ペーパータオルで軽く押さえるようにして拭いた。

「今日の魚も、旨いよ。鰆《さわら》。さかなへんに春って書くんだ。まさに今、食べるのにいい感じだろ？」

「へえ。そんな字を書くんですか。文字ってのは、ぐねぐねしてよくわかんねえですよね。俺っち、読み書きできるってだけで、人間って生き物を多少は高く買ってやってるんですよ。で、その春の魚、俺っちは食ったことありますか？」

またしても、上から、である。

とはいえ、それがちっとも嫌に感じられないのは、やはり、彼が生き抜いてきた長い年月の重みが、軽やかに生きている猫のどこかに潜んでいるからかもしれない。

「あるある。味噌漬けが賞味期限ぎりぎりで安くなってるとき、たまに買ってくるから。さっと洗ってグリルで焼くだけで美味《おい》しいし、楽なんだ」

味噌漬けと聞いて、腕組みして首を二、三回ずつ左右に倒したあとで、猫はポンと手を打った。

「あー、わかりました！　あの、飯によし、シュワッとしたチューハイによしの、しょっぱくてちょっとだけ甘くて旨い奴ですね。身がほろほろっと剝《は》がれて食いやすい……」

「そうそう。それにしてもお前、本当にチューハイが好きになったんだね。最初に炭酸を飲んだとき、目を丸くしてビックリしてたのに」

「そりゃそうでございましょ。猫は普通、炭酸なんて飲まねえもんですよ」

「間違いない」

「けど、何度か飲むうちに、あのシュワシュワが気持ちよくなってきたんですよね。癖になるってんですか」

「猫にも、癖になるとか、あるんだ？」

「そりゃありますよ。人間は、自分たちだけが特別だと思い過ぎてやしませんか」

「そうかも。耳が痛いね」

僕は軽く反省しながら、だし汁に味醂《みりん》と淡口醬油《うすくちじょうゆ》で、吸い物より少し濃いくらいの味をつけた。

そこに、鰆の分厚い切り身を二きれ、そっと滑り込ませる。行きつけのスーパーマーケットの、「本日のおつとめ品」だ。

火加減は、たっぷりした煮汁の液面が、ふつふつとするくらい。

そんな穏やかな加熱でも、鰆の腹身の端っこの薄いところが、たちまちくるんと巻き上がる。きっと、とても新鮮なのだろう。

「魚が踊ってますね」

猫がやけに詩的な表現をするのに驚きつつも、僕は素直に同意した。

「ホントだな。さてと、ここに……これは本日の奮発食材！」

そう言いながら、僕は水洗いした後、ボウルに入れておいたものを、まな板に載せた。

猫は、ふんふんと鼻をうごめかせ、首を傾《かし》げる。

若い男の姿になり、ジャージの上下を着込んでいる彼は、どこから見ても人間なのだが、仕草はやけに猫めいて見える。あとは、よく見ると少々気になる、頰《ほお》から飛び出した何本かの細くて長いヒゲも、実に猫らしい。

ヒゲはその気になれば引っ込められるけれど、出しているほうが楽だし、感覚も鋭敏になるとかで、僕の家にいるときは、いつもぴょーんと出しっ放しにしている。本人に伝えたことはないが、けっこう可愛《かわい》いものだ。

「何だか、変わった匂いがしますね。お菓子ですか？」

「ちょっと香ばしい感じの匂いだもんね。でも、違う。これは、タケノコ」

「あー！」

　猫は、ポンと手を打った。

「うちのお社《やしろ》の裏手にも、毎年生えますよ。猪田の孫はどうするか知りませんけど、あいつの祖父《じい》さんは、せっかちでねえ。まーだ地面に顔を出してもいねえタケノコを、地面に顔擦りつけるみたいにして探し出して、躍起《やっき》になって掘り起こしてましたっけ」

　その光景が目に浮かぶようで、僕は慌てて猫の勘違いを正した。

「違う違う。それ、せっかちなわけじゃなくて、ただひたすらに、美味しいタケノコを掘ろうとしてただけだよ。グルメだったんだね、猪田さんのお祖父さん」

「そうなんでございますか？」

「うん。タケノコは成長が早いから、地面に顔を出す寸前のを掘り出して収穫するのが、柔らかくて美味しいんだ。僕が買ってきたこれも、地面の中にいた子だよ」

「へええ。そりゃ、誤解して悪かったなあ、猪田のジジイ。神主《かんぬし》のくせに、もっとゆったり構えて待ちゃいいのにって思ってましたよ、俺っち」

　猫は懐かしそうにそう言って、ちょっと悪い顔で笑った。悪かったと言いつつ、まったく反省していない様子だ。

「けど、タケノコってなあ、もっと黒っぽくて……」

「これは、外側の黒くて硬い皮をどんどんむしってから、柔らかい芯のところを新鮮なうちにぐらぐら茹《ゆ》でたタケノコ。そこまで店がしてくれてるから、ゴミも手間も省《はぶ》けて、ありがたーい商品なんだよ。その分、割高なんだけどね」

そう言いながら、僕はタケノコの根元のやや固そうなところを包丁で輪切りにした。硬いといってもごく小振りなタケノコなので、思ったよりも硬くない。ここは千切りにして、もう作ってある豆腐の味噌汁に投入することにする。

穂先近くの柔らかいところを薄くスライスして、フライパンで煮えている鰆の横に滑り込ませると、猫は「へえ」とまた声を上げた。

「タケノコ、魚と煮て食うんですか」

「うん。実はこの料理、お店の日替わりに出してみたいと思っててね。これは、沖守《おきもり》さんに試食してもらう前の、お試し版なんだ」

お店というのは、ひょんなことで知り合った沖守静《しず》さんという高齢の女性が、自宅の一角で営《いとな》む喫茶店、「茶話　山猫軒《やまねこけん》」のことだ。

会社が倒産して突然無職になっていた僕と、夫を亡くし、自分も心臓の病を抱えて無理がきかない身体《からだ》になってしまった沖守さん。

お互いの「困った」が不思議に嚙《か》み合って、僕は、「山猫軒」の雇われマスターを務めることになった。

幸いにも前職である、弁当・給食製造販売業の仕事が役に立ったわけだ。

ただ、会社では弁当のメニュー開発を担当していたものの、求められていたのは、低コストな食材を使ってボリュームを出し、さらに健康的であることを売りにできて、それでいて味付けがハッキリしていてご飯が進む、というなかなか無茶振りな献立《こんだて》だった。

それに対して、沖守さんが「山猫軒」のお客さんに出すランチとして僕に期待しているのは、彼女の目利《めき》きで仕入れた上質の食材を、淡い味付けでほどよき量に整えて出し、それでいて満足感がきちんと生まれるメニュー。

食材の質がよければ、調味料は食材の持つ本来の味をそっと引き立てる程度でいいはずだ……というのが沖守さんの言い分で、それは反論の余地もない正論だ。

とはいえ、これまで「ご飯が進む足し算の味付け」をひたすら追求してきた僕としては、「素材を生かす引き算の味付け」には、未だに馴染《なじ》めずにいる。

前職と今とではやるべきことがまったく正反対で、戸惑いもあるけれど、それだけに面白く、やり甲斐《がい》がある。

沖守さんの望む「淡い味付け」を実現するためには、まず、自分の舌をそのレベルに馴《な》らさなくてはならない。今日のような「お試し」が、継続的に必要となる。

試食係を押しつけられる猫には悪いけれど、味が薄いのが不満なら、食べるときに調味料を足してもらえばいい。そんな開き直った気分でいる今日この頃だ。

猫は、出汁《だし》の匂《にお》いに心惹《ひ》かれているらしく、目を細めて舌なめずりした。とても猫っぽい表情だ。

「お試しっつったって、魚の味がつきゃ、何でも旨《うま》くなりますよ、旦那《だんな》」

「それは猫に限った話で……まあいいや、味は食べてのお楽しみだよ。じきにできるから、食器出して。汁椀《しるわん》と、お茶碗《ちゃわん》と、あと……ちょっと深さのある丸い皿、あるだろ。いつもカレーを盛りつけるやつ」

僕がそう言うと、猫はひょいひょいと身軽に古い食器棚《しょっきだな》の前へ行き、ガラス窓のはまった引き戸を開けた。

「んー、ああ、これですかね？」

「そうそう、それ。二枚出して」

「かしこまり～」

猫は両手で頼んだ食器を全部重ねて運んできて、調理台の上に並べてくれた。すっかり、優秀な助手ぶりが板についている。

僕は最後に、水で戻したワカメをフライパンの空《あ》いた場所に入れ、それから目の前のガラスのコップに浮かべてあった、山椒《さんしょう》の葉をつまみ上げ、水を切った。

買えばなかなか高くつくけれど、庭に山椒の木があるので、春はまだ若くて柔らかい葉を取り放題だ。

僕が高校生くらいまで、祖母は庭から山椒の実を摘《つ》んできて、「めんどくさいわ、こんなちまちました作業」と愚痴《ぐち》をこぼしながらも綺麗《きれい》に洗い、毎年、佃煮《つくだに》をどっさり作っていた。きっと、友達に配ったりしていたんだろう。

うちにもお裾《すそ》分《わ》けが来ていたのに、十代の若造には、山椒の刺激や風味はどうにも苦手に感じられて、ちゃんと食べたことはなかった。

今なら、あれを色々な料理に展開できそうなのになあ……と、祖母に申し訳なく、残念な気持ちになる。

それに、僕がこの家を預かるようになってから、庭には全然手が回らなくて、山椒の木もすっかり弱々しくなってしまった。今年はもう、実をつけてくれないかもしれない。

(沖守さんちの庭は、素人《しろうと》ガーデナーとしてそれなりに頑張って手を入れてるけど、自分ちのことはずっとほったらかしだったもんな)

そんな反省を胸に、山椒の葉を手のひらに載せ、もう一方の手のひらを使って、パチーンと勢いよく叩く。

「うぉ⁉　何です、旦那？」

　ビックリして軽くのけぞる猫に、僕は手のひらに載せたままの山椒の葉を少しだけ近づけた。

「こうすると、葉の組織が軽く潰れて、香りが立つんだ。ほら……あ、人間には清々しい香りっていうか、春の青い匂いっていうか、そんな感じなんだけど、猫的にはどう？」

　猫は少し離れたところから山椒の匂いを嗅《か》ぎ、「ふが」と変な声を出した。鼻筋に、奇妙なシワが寄っている。およそ、気に入ったという様子ではない。

「何？　駄目？」

　すると猫は、顰《しか》めっ面《つら》で首を捻《ひね》った。

「俺っちは、あんまし好きな匂いじゃねえですね。なんかちょっと、酔っ払いそうな気配がしますよ」

「酔っ払う？　もしかして、マタタビみたいな感じ？」

「そうそう。マタタビも、猫によってリアクションは色々ですけど、俺っちは悪酔いしますね」

「悪酔い系かあ。人間におけるお酒と一緒だね。じゃ、やめといたほうがいいな。僕だけにしとくよ」

「そうしてください。猫んときは絶対駄目な感じがします。この姿んときなら、ギリいけるかもですけど……」

「そこは無理しないで。基本、香りを楽しむためのものだからね。料理の味自体にはほぼ関係ないんだし」

僕は深皿に鰆《さわら》とタケノコ、そしてワカメを盛りつけ、煮汁をたっぷりと張った。そして、僕の皿にだけ、山椒の葉をちょんと載せた。

「じゃーん、完成だよ！」

「やった！　早く食いましょう。俺っち、腹ペコですよ」

そう言いながら、猫は炊飯器《すいはんき》の蓋《ふた》を開けた。

最初の頃は、炊《た》きたてのご飯から立ち上る盛大な湯気が熱くて少し怖かった（本人、もとい本猫は絶対に認めない）らしい猫だが、今はすっかり慣れたものだ。

しゃもじを上手《じょうず》に使って、二つの茶碗にふんわりとご飯を盛りつけてくれる。

僕は味噌汁を漆塗《うるし》りのお椀にたっぷり注ぎ分け、あとは漬け物を用意すれば、夕食の支《し》度《たく》はたちまち完成だ。

「いただきます！」

三月も終わりに近づき、桜もちらほら咲き始めたものの、まだ夜はけっこう寒い。

まだ片付けの目処《めど》が立たないこたつに猫と共に潜り込み、僕たちはほぼ同時に「いただきます！」の挨拶《あいさつ》をした。

いっときは箸使《はしづか》いの練習をして、そこそこ上手《うま》くなっていた猫だが、やはり、いくら人間の姿になっていても、「箸でいちいちつまんで食べる」というのは性《しょう》に合わないらしい。

「まだ、こっちのほうがだいぶマシですよ」

そう言って、彼が選択したのは、フォークとスプーンだった。

突き刺すだけ、掬《すく》うだけなら、まあ妥協《だきょう》できるラインらしい。大きなものでも、フォークで刺してガブリと齧《かじ》るのが常だが、あまりにも大きなものには、ナイフも使ってくれる。手づかみしたり、皿に口のほうを持っていったりされるよりは遥《はる》かにマシなので、僕にも特に異論はない。

何より、美味《おい》しく楽しく散らかさずに食べてくれるのが一番だ。

今夜も、フォークで鰆の柔らかい身を無造作《むぞうさ》にほぐし、一切れの四分の一ほどをいっぺんに頬張《ほおば》った猫は、もぐもぐと顔じゅうを使って咀嚼《そしやく》しながら、「ふはいへふへ」と言った。

早速の感想はありがたいけれど、何を言っているのかわからない。

「なんて？」

ゴクンと魚を飲み下し、お気に入りのグレープフルーツ味のチューハイを一口飲んでから、猫はもう一度、おそらくは同じコメントを口にしてくれた。

「旨いですね。こってり味がついてんのもいいですけど、こういう薄い味も、魚の味がよくわかって、俺っちは好きですよ」

「やっぱり、味、薄い？」

「薄いってか……いや、薄いか。あんまし、飯に載っけてかっ込みたい味じゃねえですよね」

「ああ、そういう意味。確かにね」

僕も箸で鰆の端っこの「くるん」部分を切り取り、食べてみた。

いちばん薄いパートなので、そこそこ味は染みている。でも……まあ、確かに「白い飯が進むおかず」でないのは、猫の言うとおりだ。

僕が微妙な面持《おもも》ちになったのに気づき、猫は気の毒そうに言った。

「旦那、ガッカリすることはありませんって。旨いですよ。このタケノコも。シャクシャクして、面白い歯ごたえですよね。ワカメは……何度食ってもよくわかんねえですけど。ぐにゃぐにゃってか、ピラピラってか、ツルツルして変な感じです」

「ふふ、面白い表現するなあ。うーん、僕は好きな味なんだけど」

「俺っちも嫌いじゃねえです。なんか、問題でも？」

「いや、僕は前の職場で、とにかくご飯が進むおかずを考えなきゃいけない仕事をしてたもんだからさ、味がハッキリしたメニューを考えるのは得意なんだけど、こういう淡いおかずを作ると、不安になっちゃうんだよね。大丈夫かな、物足りなくないかなって」

旨いというのは本当なのだろう。猫は、魚、タケノコ、ワカメと順番にせっせと口に運びながら、小首を傾《かし》げる。

「大丈夫って、何がです？　あ、そうか、これ、オコモリさんの店で出すんでしたっけ。いいんじゃねえですか、あそこに来る客、こういうお上品な料理が好きそうですよ」

「それはそうなんだけど、やっぱりご飯とおかずが調和して進むようにしないと」

するると猫は、卓上のべったら漬けを指さした。

「そこは漬け物に頑張ってもらうとか。あー。そうだ、旦那。俺っち、漬け物よりアレが必要かもですね」

猫のちょっと上目遣いの催促《さいそく》に、僕は苦笑いで腰を浮かせた。

「はいはい。ご飯が進まないときは、アレが必要だよね」

アレというのは、いかにもそれっぽい猫の大好物、カツオ節だ。

出汁《だし》を引くために常備している花かつおの大袋を持って戻ってきた僕は、猫が差し出すお茶碗《ちやわん》のご飯の上に、ヒラヒラのカツオ節をふんわりと盛った。

「こんなもん?」

「もうちょい、載るんじゃありませんかね?」

「物理的には可能だね。食べるのが大変そうだけど」

さらに、ひとつまみ、ふたつまみ。

猫の両目がまん丸になり、キラキラと輝いた。

「こういうの、何て言うんでしたっけ。『カツオ節の富士山《ふじさん》や~!』でしたっけ」

「彦摩呂《ひこまろ》さんの名台詞《めいぜりふ》を自由自在にアレンジする猫なんて、初めて見たよ。お醤油《しようゆ》、かける?」

呆《あき》れながら、僕はカツオ節の袋を再びきっちり閉じる。

「かけます。けど、醤油は加減が難しいんですよね。かけ過ぎるとしょっぱいし、かけないと、この姿んときは物足りないんです。元の姿に戻ると、醤油なんざ一滴も要らねえんですが」

「そういうものなんだ」

「ええ、俺っちの舌はバリケードですからね」

「それを言うなら、デリケート」

「どっちでもよくねえですか?」

「よくはないと思うけど」

「旦那《だんな》に通じてりゃ、俺っちはそれでいいですよ」

素っ気なく言って、猫は真剣そのものの顔つきで、卓上用の小さな醤油のボトルを手にした。文字どおりの猫背《ねこぜ》でカツオ節とご飯に顔を近づけ、一滴ずつ醤油を垂らしていく。

「いつもながら、本当に慎重だよね」

「真剣勝負ですからね」

醤油が滴《したた》るたびに、ヒラヒラしていたカツオ節が少しずつしんなりし、沈み、穴が空《あ》いたようになるのを、猫だけでなく、僕まで息を止めて見守ってしまう。

「よーし、完璧《かんぺき》!」

満足げにそう言って、猫は醤油のボトルを置いた。そして、愛用のカレー用スプーンを手にすると、カツオ節が零《こぼ》れないように実に器用にガシガシと茶碗の中身を掻《か》き混ぜ、豪快な一口を頬張った。

「大成功です、旦那! どうしてもってんなら、小さい小さい一口を、しぶしぶ分けてあげましょうか? 俺っちは親切で気前のいい猫なんで」

「いや、僕はべったら漬けのほうがいいから、どうぞお構いなく」

「そうですかぁ？　滅茶苦茶《めちゃくちゃ》旨《うま》いのに」

ここに僕の母がいたら、「これっ、猫めしなんてお行儀《ぎょうぎ》が悪い！」と叱《しか》ったかもしれないが、目の前にいるのは、人間の姿をしていても猫なのだ。

猫が猫めしを食べるのは当たり前だし、スプーンを使いこなしているだけで凄《すご》いと讃《たた》えるべきだろう。

実際、カツオ節ざっくり混ぜごはんは、とても美味しそうに見える。

もはや、猫的にはカツオ節ご飯がメインディッシュになってしまった……と思いきや、猫はたちまち半分ほどご飯を平らげたところで、ふとこう言った。

「そうだ、旦那。さっきの話ですけど。おかずの味が薄いんなら、飯にも味をつけときゃいいんじゃないですかね」

僕はポンと手を打った。

「ああ、炊き込みご飯とか混ぜご飯にするってこと？」

「そうそう。ここでもたまにやるじゃないですか、油揚げとか、なんかちまちました野菜を刻んでぶち込んだみたいな……」

「五目炊き込み、何度かやったことがあるね。炊き込みご飯のもとを使う手抜き版だけど、僕、好きなんだよ。そうか、炊き込み……。おかずもご飯もそれぞれで美味しく食べられるようにすればいいか。この季節なら、タケノコご飯かな」

「タケノコ、重なっちまいますけどね」

「その場合、タケノコはご飯に回して、この煮物には、菜の花を使おうかな。さっと下茹《したゆ》でしたやつを、出す前に、温める程度に煮て」

そうすれば、料理の彩りがよりよくなる。鰆《さわら》とワカメの地味な色合いが、菜の花の鮮やかな緑とちょっぴりの黄色で、ぐんと鮮やかに引き立てられそうだ。

「ああ、何だかいい感じにイメージが膨《ふく》らんできた！　沖守さんに試食してもらう段階に進めそう。ありがとう、猫」

「どういたしまして。そんじゃ、ささやかなお礼ってことで、飯とカツオ節のお代わりを」

「この場合、ささやかなってのは、僕が言うべき台詞だよ。でも、喜んで」

猫のおかわりをよそうついでに、僕は自分の茶碗に半分ほど残っているご飯にも、カツオ節を少しばかり載せてみた。猫があまりにも旨そうに食べるので、羨《うらや》ましくなってしまったのだ。

僕的には、ごはんがこの量なら、醤油は三滴か四滴。それで十分だ。

「おっ、旦那の適量はそのくらいですか。なかなかやりますねえ」

「何がだよ」

いつもどおりの他愛《たわい》ない会話を交わしつつ、僕らは茶の間のテレビに目をやった。テレビをつけっぱなしにしていたら、いつの間にか旅番組が始まっていて、テレビでよく見る若手のお笑い芸人たちが、有名な温泉地を訪れ、街中に設けられた足湯の熱さに驚き、はしゃいでいるところだ。

「旦那、あれって、楽しいんですか？」

猫は不思議そうに問いかけてくる。僕は、やや曖昧《あいまい》に頷《うなず》いた。

「足湯が楽しいっていうより、仲間で旅行して、思いがけないハプニングが起こると面白くて盛り上がるって感じじゃないかな。まあ、この人たちは仕事だから、見ている人が楽しく感じるように、わざとテンションを上げてるってところもあるんだろうけど」

「ふーん。足をあっつい水に浸けるだけで、人間はそんなに盛り上がれるんですねえ」

「楽しいかどうかは別にして、足湯は気持ちいいよ。ほら、よく東洋医学では、足は全身の状態を映す鏡、とか言うじゃないか」

「人間は、そういうもんなんですか」

返事をする間も、猫の視線はテレビに注がれたままだ。大好きなカツオ節ご飯の二膳目《ぜんめ》を食べる手も、止まってしまっている。

もしや、これは。

僕はそっと、猫に問いかけてみた。

「もしかしてさ。猫、温泉に入ってみたい、とか？」

僕の問いかけに、今度は猫が微妙な首の傾《かし》げ方をした。

いつも単純明快な彼にしては、珍しいリアクションだ。訝《いぶか》しく思った僕は、ハッとした。

「あ、そうか！　ごめん、猫は濡れるのが嫌いなんだっけ。特に脚」

「濡れても死にゃしませんけど、好きじゃねえですね。毛繕《けづくろ》いに手間がかかるし」

猫は渋い顔で、腕を舐《な》める仕草をしてみせる。

「それもそうか。あ、でも、人間の姿のときなら、タオルで拭けば……頭はドライヤーで乾かせるし」

「そこですよ、旦那」

猫は人差し指をピンと立て、しかつめらしい顔つきで僕を見た。

「この姿になってるときに、その人間が大好きな温泉ってやつ、試してみたいんですよね。とはいえ、全身はガードルが固いんで、あの、足湯ってやつを、是非《ぜひ》」

「ハードルが高い、ね。間違いのほうを、どこで覚えたやら。……まあいいや、まずは足湯から、だね」

「あと、ああいうとこにもいっぺん、行ってみたいなと思ってまして」

猫はテレビの画面を指さす。

なるほど、さっきの芸人たちは、今度は旅館に移動して、楽しく食事をしているところだ。

「それってつまり、旅行だね?」

「大当たり〜! ほら、何ごとも経験って言いますでしょ。旦那は、行ったことあります?」

猫に問われ、僕は小さく肩を竦《すく》めた。

「長らく行ってないけど、子供の頃、家族で温泉旅行は何度かしたことがあるよ。祖父母が元気だった頃に、親戚《しんせき》一同で、とかも」

「へええ。民族大移動ですね」

「そこまでの人数じゃないけど、けっこう賑《にぎ》やかだったな。大広間を独占して、食事をしたりして。畳《たたみ》敷きの広い部屋なんて、子供にはただの運動場だろ。従弟《いとこ》たちと、走り回って盛り上がったり、取っ組み合いのケンカをして両方の親に怒られたり」

「そりゃ楽しそうだ!」

「猫はもう大人の姿だから、大広間ではしゃいじゃダメ。でも、旅行はいいな。社会人になってからは、会社の慰安旅行しか行ったことがなくて……あれは仕事の延長だったから。純粋に遊びに行きたい気がする。一泊二日くらいなら、どうにかなると思うよ」

猫は、茶碗をとうとう卓上に置き、コタツを飛び出して、やけにしおらしく正座などしてみせた。

「マジでございますか！」

僕は笑って請け合う。こんなに喜ぶ猫を見るのは、初めてかもしれない。

「マジだよ。超豪華旅館とかは無理だけど、庶民《しょみん》的なところでよければ。猫のほうこそ、大丈夫？　神社の神様の許可が必要なんだろ？」

「そりゃ勿論《もちろん》。大事なお社《やしろ》の務めを休むわけですからね。ちゃんと神さんのお許しをいただかないと。けどまあ、俺っち素行のいい猫ですし、旦那もちゃきちゃきと毎月お賽銭《さいせん》を納めてくれてますし、大丈夫だと思いますよ」

「些少《さしょう》でございますが、って言わなきゃいけない額だけどね。よーし、じゃあ、お互いの予定が合う日に、とれる宿を探そう」

「やったでございます～！」

奇妙な喜びの言葉を放ち、猫は両手を真上に突き上げてバンザイをする。僕も俄然《がぜん》楽しみになってきた。

「どこがいいかな。どっか、温泉地の希望とか、ある？」

我ながら呆《あき》れるほどウキウキした声が出てしまった。猫のほうも、弾んだ声で答える。

「俺っち、温泉には詳しくないんで、旦那に任せますよ。ああでも、あんまし遠くじゃないほうがいいです。お社から離れ過ぎると、この姿になるのがちょいと難しくなるんで」

「あ、そうか。うっかり神戸《こうべ》に運ばれちゃったとき、お前、人間の姿に変身できなかったもんな。了解。できるだけ、近くで探すよ」

「頼んます。あと……」

「うん、何？　この際だから、希望は全部言っちゃって。まるっと叶えられるかどうかはわからないけど、できるだけ努力するから」

すると猫は、何故か少し恥ずかしそうに、「うみ」と小さな声で言った。

「うみ？　それって、海？　あの、塩水がいっぱいあるほうの海でいいの？」

咄嗟《とっさ》に、我ながら頭の悪い表現で確認してしまった僕に、猫はやはり決まり悪そうに頷いてみせる。

「ですです。俺っち、海ってやつをちゃんと見たことがなくて。初めて見たのが、それこそこないだのアレですよ。俺っちが神戸に誘拐《ゆうかい》されたときの」

「誘拐されてはいないだろ。お前がうっかり余所様《よそさま》の車に……」

「結果として誘拐ってことにしといてくださいよ、旦那。格好悪いんで。とにかく、そのときに初めて海ってのを見たんですが」

「うん、確かに港のすぐ近くの倉庫街だったもんね。それが？」

「なんか、テレビでよく見る海と違ってて」

猫は不満げに、両手で四角いシルエットを作ってみせる。

「こう、切り立ったコンクリートのすぐ向こうが海で、磯《いそ》の臭《にお》いってんですか？　なんかちょっと変な臭いがして」

「ああ、わかる。ああいうところの海の匂《にお》いって、何だか独特だよね」

「か、どうかは知りませんけど、俺っち的には、あんましいい臭いじゃなかったですよ。それに海の色も、テレビで見るようなんじゃなくて」

「それもまあ、わかる。でも、テレビで見せてる海は、特に綺麗《きれい》な色の場所で撮ってるわけだし、彩度もたぶんだいぶ上げてて……いや、まあそんなことはいいや。それで？」

猫は口を尖らせて、両手の指をワキワキさせながら、妙に恥ずかしげな顔つきでボソボソと言った。

「俺っち、ちょっと海にはこだわりってぇか、憧れってぇか、そういうのがあって、ですねえ」

「こだわり？　憧れ？　海に？」

好奇心を盛大に刺激されて、僕は猫のほうへ身を乗り出す。猫はますます照れて、招き猫のような手つきで自分のこめかみあたりを何度も擦りながら告白した。

「前からちょいちょい喋《しゃべ》ってる、俺っちの昔の飼い主一家が、夏になると海水浴ってやつに繰り出してたんですよ。勿論、俺っちはひとりで留守番です」

「ああ……それは残念だけど、仕方がないね」

「いいんですよ、広い家にひとりで、うるせえガキどもがいないってのは、そう悪いもんじゃなかったです。飯もたくさん置いてってくれてましたしね。けど、みんなが帰ってきたら、身体《からだ》や荷物からちょいと奇妙な臭いがして、気になって嗅《か》いでると、きまってクシャミが出たもんです。あれが、こないだ、海辺で嗅いだ臭いと同じで、なるほどって腑《ふ》に落ちましてね」

「なるほど。さすが鼻のいい猫、臭いの記憶が実際の海より先に来てるんだね」

猫は、手の動きを止め、懐かしそうにアーモンド型の目を細める。

「ですです。なんでこう、昔の飼い主一家がわざわざ見に行って、たぶん入ってた、綺麗な海って奴を、いっぺん見てみたいと思いましてね」

「わかった。足湯と海だね。……ちなみに、海には入る？　それなら、旅行は夏にしたほうがいいと思うんだけど」

僕がそう言うと、猫は大袈裟《おおげさ》に両の手のひらを僕のほうに突き出して、ワイパーのように振った。

「ご冗談でしょ？　塩水に大喜びで浸かるのは、人と犬くらいのもんですよ。猫は賢い生き物ですからね。そんなこたぁしません。見るだけで十分わかりますんで」

大真面目《おおまじめ》な顔で人間と犬をまとめて貶《けな》す猫に、僕は苦笑いで頷《うなず》いた。

「了解。じゃあ、猫は叶木神社の神様に、了承を得てきて。僕は、明日、沖守さんに話してみるよ。『機会があれば、いつでも旅をしなさい！　見識を広めなさい！』って口癖《くちぐせ》みたいに言ってるから、駄目とは言わないと思うけど」

「ですよね！　オコモリさんはいつだって、細っこいくせに太っ腹なご婦人ですからね」

本当に、どこでそんな言葉を覚えてくるのやら。

でも、そこは猫が言うとおりなので、僕は「そうだね」と相づちを打った。

「はあ、楽しみができましたね、旦那《だんな》」

「鼻先にぶら下げられたにんじんって感じだね。僕のお財布に見合う、でもなるべくいい宿を探すよ」

「旦那の腕前を拝見ってとこですね」

偉そうにそう言って、猫は再び茶碗《ちゃわん》を手にする。

さすが春というべきか、妙に浮かれた気分の僕たちは、その夜、大いにはしゃぎながら、僕の小中高、三度にわたる修学旅行の可哀想《かわいそう》な思い出話で盛り上がったのだった。


「あら、いいじゃないの。旅行、行ってらっしゃいな。あなたには、平日はほぼ毎日、あれこれ助けていただいているから、臨時のお休みは、いつだって差し上げるわよ。ただ、私が通院する火曜日だけは外してほしいのだけど」

それが、旅行計画を打ち明けたときの、今の僕の雇い主、沖守静さんの反応だった。僕は慌てて両手を振る。

「勿論《もちろん》です！　通院日は死守します。この『茶話　山猫軒』の営業日も……」

沖守さんは、僕に皆まで言わせず、きっぱりと言い返してきた。

「そんな風に、私側の予定の何もかもを律儀《りちぎ》に守ろうとしなくてよろしい。あなたがいちばんに守るべきは、あなた自身の生活よ」

小柄で痩軀《そうく》で、はんなりと優しい雰囲気《ふんいき》の沖守さんだが、たまにこんな風に、ビシッと一本、主義主張の柱が通った強さを見せる。

「お店のことを言い出したら、月水金が一気に埋まってしまって、ろくに休めないでしょう。旅行は平日のほうがゆったりできていいんだし、お店は前もって臨時休業の掲示をすれば大丈夫」

「でも……」

「働く人には、息抜きが必要だわ。私も年末年始に久し振りの海外旅行で、身体はさすがにくたびれたけれど、魂はジャブジャブ洗濯《せんたく》された気がしたもの。あなたも、猫さんとうんと楽しんでらっしゃい。なんなら、二泊三日でも三泊四日でも」

何故か昨夜の僕たちのように、当事者でもないのにウキウキし始めた沖守さんを、僕は慌てて宥《なだ》めた。

「いえいえ、一泊二日で！　その、猫とは初めての旅行なので、お互い、旅先で気まずくなったりしないように、まずは短いほうが……」

それに、猫の本体は「猫」なので、旅行先で変なトラブルが起こらないとも限らない。それも考えての一泊二日なのだが、猫の正体を知らない沖守さんに、そんなことは打ち明けられない。

沖守さんは少し呆れた様子で、それでも幸い、すんなりと納得してくれた。

「まあ、そんな心配を？　坂井《さかい》さんと猫さんに限って、旅先で険悪になったりはしないと思うけれど……でもまあ、そうね。坂井さんの心配性は今に限ったことではないし、確かに第一歩は小さいほうが、堅実でいいわね」

「と、思いまして」

素直に同意する僕に、沖守さんは上品にクスリと笑って、「でも、たまには冒険もなさいよ」と、僕の二の腕を、彼女にしては力強く、ゴシゴシとシャツの上から擦った。

猫のほうも、神社のご祭神から快《こころよ》く旅行の許可が出たらしい。

そこで僕らは、花見シーズンとゴールデンウイークの合間という、かなりお得に宿に泊まれる時期、しかも平日に旅立つことにした。

旅立つ、なんて気取った言い方をしたけれど、目的地は、猫が人間の姿でいられる範囲を考慮《こうりょ》して、県境を越えない程度の近場だ。

一泊二日の旅程だし、気候も穏やかな時期なので、荷物は最低限でいい。

服装もカジュアルで構わない宿を取ったので、何もかもが気楽だ。

ただ、午前九時過ぎに、いつものように呑気《のんき》そうな顔でやってきた猫は、手ぶらで、しかも予想どおりジャージ姿だった。

猫が旅支度《たびじたく》をするとは思っていなかったので、そこは予想の範囲内だったけれど、さすがに上下ともにジャージで旅に出るのは「日常」すぎてつまらない。

そこで僕が持っている、ちょっとだけお高めのTシャツと上から羽織《はお》るコットンシャツ、それにハーフパンツを貸して着替えさせると、なかなかいい感じになった。

「さて、出掛けようか」

「出掛けましょう！　大冒険ですねえ、旦那」

「そこまでじゃないよ。お前が神戸に運ばれちゃったときのほうがよっぽど……」

「それはもう言いっこなしで！」

「ごめんごめん。戸締まりよーし、じゃあ、出発」

「しゅっぱーつ！」

かつて、出勤のために毎日通っていた駅への道が、今日は晴天のせいか、やけに輝いて見える。

途中、猫の住《す》み処《か》である叶木神社に寄り道して、「神さん」と猫が呼ぶご祭神に、猫との旅行の許可をもらえて感謝していることを伝え、ささやかなお賽銭《さいせん》も投入してきた。

宮司《ぐうじ》の猪田さんがいたら挨拶《あいさつ》をしようと思ったが、残念ながら姿が見えなかった。おそらく、パン職人としての仕事が忙しい時間帯なのだろう。

人間の姿の猫は、慣れた道を歩くだけでも楽しそうだったが、駅に到着するとさらにテンションを上げた。いや、今どきの言葉で言えば、「ぶち上げ」た。

「旦那！　ここで切符ってやつを買うんですよね！　俺っち、自分の奴は自分で買いますよ。神さんから、お餞別《せんべつ》ってのをいただいたんで」

そう言うと、猫は古ぼけたビニール製の小銭入れを本当に取りだした。中には、一円玉から五百円玉まで取り混ぜて、硬貨が二十枚ほども入っているだろうか。

「それ、もしかして……」

「神さんが、お賽銭からちょいと拾い上げて『持っておゆき』って」

猫は、厳《おごそ》かにご祭神の口ぶりを真似《まね》してみせる。似ているかどうかは、残念ながら僕には知る由《よし》もないのだが。

「やっぱり！　猪田さんの知らないところで神様がピンハネ……いや、違うか。本来は、神様のためにお賽銭を入れるんだもんね、みんな」

「そういうことですよ。猪田の孫が、むしろネコババ……」

「ちがーう！　神社の運営をするためにお賽銭を回収してるんだから、ネコババじゃないっ。人聞きの悪いことを言っちゃだめだよ。ほら、早く切符を買おう」

僕が軽く叱《しか》ると、猫は悪びれた様子もなく、肩をちょっと竦《すく》めただけで、切符の自動販売機に駆け寄った。

「これ！　この穴みたいなとこにお金を入れるんですよね？　えっと……百円玉ってなぁ、

この銀色の、穴が空《あ》いてなくて、大きくないやつ」

「よく知ってるね！」

「テレビの旅番組ってんですか？　アレ見て、研究しましたからね！」

えっへんと胸を張る猫が、どれほどこの小さな旅行を楽しみにしていたのかを痛感して、僕は胸がじーんとなるのを感じた。

僕自身は、自宅がいちばん好きで、旅に出るとひたすら気疲れするという性格だし、二人旅をするような仲の良い友達もいない。どうしてもどこかへ行きたければ、思い立ったタイミングでひとりで出掛けるほうだ。

まあ、職場の慰安旅行はほぼ強制だったのでしぶしぶ参加していたし、学生時代にも頭数合わせで誘ってもらったことは数回あった。

でもそんなときは、自分が楽しむことより、皆の楽しさを削《そ》がないように、集団から浮かないようにするだけで精いっぱいだったし、旅を楽しむ余裕なんてどこにもなかった。

こんな風に少しも気負わず、他人と気楽にできる旅があるなんて、しかもそれを初っぱなから楽しめているなんて、僕自身が誰よりも信じられないことだ。

「あっ、お金を入れる前に、まず金額のボタンを押さなきゃ。ここだよ。押してみて。そうそう……何なら二人分、買ってくれてもいいんだけど」

僕がふざけてそう言うと、猫は妙に厳《いか》めしい調子で言い返してきた。

「駄目ですよ、これは参拝者の皆様の浄財《じょうざい》でございますからね。皆様の可愛《かわい》い可愛い猫が使う分にはようございますが、旦那は駄目です」

「きっちりしてるなあ」

日頃は適当なくせに、こういうことにはやけに厳密な猫に驚きながらも、もとより旅費を奢《おご》ってもらうつもりなどないので、僕はさっさと自分の切符を買った。

しばらくホームで待って電車に乗ると、平日の朝のラッシュが過ぎた時間帯のおかげで、車内は空《す》いていた。

ゆったりと並んで座席に座り、目的の駅までの三十分ほどのあいだ、猫はずっと身体《からだ》を捻《ひね》るようにして、窓の外を眺めていた。

本当は、幼い子供のように、座席に反対向きに座ってしまいたかっただろう。でも、見た目よりうんと長生きしている猫なので、「人目を気にする」こともできるのだ。

平日の午前に、見た目が若い男が二人、あからさまに仕事に行くのではないラフな出《い》で立《た》ちで電車に乗っていれば、他の乗客たちの視線をそれなりに感じる。

猫もきっとそれに気づいていたのだろう。僕が予想し、軽く覚悟していたより遥《はる》かに大人しく、いや、むしろ優等生と言いたいくらい静かに、電車に揺られていた。

電車を一回乗り換えて、最初の目的地の駅に降り立ったのは、午前十一時過ぎだった。

このあたりでは、ちょっと有名な温泉地である。

週末はかなり賑《にぎ》わうと聞いているけれど、平日はそこまでではなく、人通りも疎《まば》らな感じだ。

「次はバスに乗るんだけど、その前にここいらでお昼を食べちゃおうか」

「おっ、いいですねえ。店で飯食うなんて、初めてですよ。人間様みたいだ」

立派な駅舎を出て、青空を見上げて大きく伸びをした猫は、嬉しそうに笑った。

今日は朝から、ずっと満面の笑みだ。その顔を見ているだけでも、この旅行を計画してよかったと早くも思えてしまう。

「で、何食います?」

猫に問われた僕はちょっと考えてから答えた。

「猫の好きなものでいいよ。何が食べたい?　ちょっと調べたところでは、駅前に洋食屋もあるし、カレー屋もあるし、イタリアンとか、お蕎麦屋《そばや》さんとか」

猫はいささか面食らった顔で、腕組みして首を捻った。

「俺っち、よくわかんねえですけど、俺が食ったことないもんがいいですねえ。つまり、旦那が作らないもん。そんで、凄《すご》く旨《うま》いやつ」

「僕が作らないもの？　それで凄く美味《おい》しいものか。そうだなあ……あっ、じゃ、洋食屋で、僕の大好きなものを試してみる？」

「大好きなのに作らないんです？」

「手が掛かりすぎるんだよ。だからこれからも、作るチャンスはないと思うんだ。でも、ホントに美味しいんだよ。猫も、きっと気に入ると思う」

僕がそう言うと、猫はたちまち乗り気になった。

「そいつぁ、試さなきゃですね！」

「でしょ。よーし、行こう。確か、このメインストリートを一本内に入ったところに、小さな洋食屋さんがあるって。知る人ぞ知る名店って書いてあった」

「そいつぁ楽しみだ。さすが旦那の情報網《じょうほうもう》！」

「情報網じゃないよ、ネットの集合知」

「なんでもいいですよ、早く行きましょ。どっちです？」

「ええと、少し進んで、細い道を左。開店間もないはずだから、まだ空いてるといいね」

そう言いながら、先に立って歩き出した自分の足取りの軽さに、僕は驚きつつ笑ってしまいそうになる。

猫だけでなく、僕も相当に浮かれているようだ。

楽しい旅になりますように、いや、しよう。そう心に誓って、僕は、いそいそついてくる猫を振り返った……。


それから一時間あまり後。

僕と猫は、駅前の広場に設《しつら》えられた東屋《あずまや》で、足湯を体験していた。

さほど歩き回ったわけではないけれど、それでも靴《くつ》と靴下を脱いで、ふくらはぎまで温泉に浸すと、とても開放感があって気持ちがいい。

猫はやけに神妙な顔をして、「これが温泉ってやつですか」と言った。

「お湯はそんなに熱くないと思うけど、猫的には平気？」

足湯にいるのは二人きりなので、僕は率直《そっちょく》に問いかけてみた。すると猫は、「いやぁ」と曖昧《あいまい》な返事をして、首を傾《かし》げた。

「なんてぇか、変な感じですね。人間に化けてるときは、足が濡れてもいつもよりは嫌じゃねえんですけど、後ろ脚しか湯に浸けてねえのに、全身がぽっかぽかするんですよ」

「それが温泉の効能ってやつじゃない？　僕もそうだよ」

「旦那もですか。じゃあ、これが普通かぁ」

「動物が、お湯に浸かって傷を癒《いや》したって逸話のある温泉、山口県かどこかにあった気がする。猫にもいいんじゃない？　血の巡りがよくなって」

「どうですかねえ。悪くはねえのかな」

そう言いながら、猫はお湯の中で足をゆっくり動かしてみせる。まるで、泳ぎを習い始めた子供のような仕草だ。

「はあ、腹ごなしにちょうどいいね、足湯。バスの時間までまだ一時間近くあるから、ゆっくりしよう」

僕がそう言うと、猫は頷《うなず》き、それから横目で僕を見た。

「それにしても、旦那のおすすめ飯は大変な代物《しろもの》でしたねえ。旨かったですけど」

猫の恨めしげな視線に、僕は頭を掻《か》いて謝った。

「ほんとにゴメン。猫が猫舌だっての、忘れてた。カニクリームコロッケは、トップクラスに熱々の食べ物だもんね。でも、本当に僕の大好物なんだ、子供の頃からの」

そう言うと、猫は呆《あき》れ顔をした。

「あんなにあっついもん、ガキの頃から食えてたんですか？」

「いや、小さな頃は、親に一口サイズに切ってもらって、ふーふーしてもらって、それでもなかなか食べられなかったなあ、熱くて。待ちきれなくて、熱いまま口に入れて、口の中を火傷《やけど》したりした」

「俺っちと同じじゃないですか」

「僕も猫に、ふーふーしてあげればよかった？」

「それはいらねえです。自分でやれたんで。けど、旨いのになかなか食えないんで、ジリジリしましたよ」

「でも、気に入った？」

「あっついこと以外は」

「よかった。でも、クリームコロッケは、熱さも美味しさのうちって気がする」

僕らが訪れたこぢんまりした洋食店は、設えもメニューも昭和の雰囲気《ふんいき》を色濃く残している一方で、切り盛りしていたのは若い夫婦だった。代替わりしたばかりのようだ。

僕たちが最初の客だったけれど、次から次へと客が入っていて、たちまち満席になった。

厨房《ちゅうぼう》が混み合い始めた頃、奥からぬっと出てきて見事な手つきでフライパンを操り始めた初老の男性が、先代店主だったらしい。彼は、僕たちのテーブルに、ミニデザートのプリンを運んできてくれたとき、さりげなく、「せがれのクリームコロッケはどうでしたか？」と訊ねてきた。

僕と猫が、「美味しかったです！」と声を揃えて答えたときの、彼のホッとしたような静かな微笑《ほほえ》みが胸に残っている。「ありがとうございます」と言って、うっそり頭を下げてから去っていった背中は、とても大きく見えた。

「俺っち、旦那《だんな》が読み上げてくれたメニューの、ポークチャップ、ってのが気になりましたねえ。チャップってなんです？」

猫の質問に、僕は、自分が食品業界の人間であってよかったと実感しながら答えた。

「アメリカの『ポークチョップ』が訛《なま》って、『チャップ』になったらしいよ。骨付き肉を切り分けるとき、包丁を叩きつけるみたいにして切るから、『チョップ』」

包丁で勢いをつけて肉を切る仕草をしてみせると、猫は納得顔で、「あー」と声を上げた。

「豚をぶったたいて切るから、ポークチョップかあ。なるほど」

「そうそう。分厚い豚肉をよく焼いて、ケチャップソースで味付けするんだ。ご飯が進むおかずだよね」

「旦那は作れないんですか？」

「作れるよ。食べたい？」

「食いたいですねえ。分厚い肉とか、考えただけでヨダレが出そうだ」

本当に口元を拭《ぬぐ》いながら、猫はそう言って舌なめずりまでした。

「さっき、お腹いっぱい食べたところじゃないか」

「コロッケはコロッケ、肉は肉ですよ、旦那」

「肉のことはいったん忘れて。今夜はきっと、魚ばっかりだよ」

僕がそう言うと、猫はへへっと笑って、今日はヒゲをしまい込んでつるっとした頬《ほお》を擦るように撫《な》でた。

「そいつぁ楽しみだ。海もこれからですか？」

「そう。第一ミッションの足湯はここで。第二ミッションの海はこれから。ここで宿を取ることも考えたんだけど、温泉宿は総じてお高めでさ。猫が温泉に入らないなら、あんまり意味ないかなって。それで、少し離れた海沿いの宿を見つけたんだ」

「なるほど！　でも、旦那はその、温泉ってやつが好きなんじゃ？」

「嫌いじゃないけど、なくてはならないってほどでもない。今日のお宿にも、温泉じゃないけど、家よりはずっと広いお風呂があるだろうから、楽しみだよ」

「そりゃよかった」

猫はうーんと伸びをして、気持ちよさそうに目を細めた。そういう顔つきも、猫の姿のときの彼と同じで、ちょっと面白い。

「じゃあ、そろそろ足湯から出て、バスに乗る前に、飲み物とか、夜にお宿でつまむものとか、買っていこうか」

僕の提案に、猫は目を輝かせた。

「おっ、じゃあ、新商品のチューハイ！」

そう言うが早いか、猫は勢いよく足湯から両足を引き上げ、そのまま靴を履《は》こうとする。

「待って！　まずは足を綺麗《きれい》に拭いてから！」

僕は慌てて猫を制止し、バッグからタオルを引っ張り出した……。


駅前のロータリーから乗り込んだバスは、やや鄙《ひな》びた温泉街を通り抜け、やがて海沿いの道路に出た。

ここからは、ずっと海辺を走って、今日の宿泊先である宿のすぐ近くまで行ってくれるはずだ。

明るい太陽の光を浴びた海は鮮やかなブルーで、ときおり現れる砂浜は象牙《ぞうげ》色をしている。きっと夏になると、海水浴の客でごった返すことだろう。

「旦那、これですよ！」

海が見えるなり、バスの窓際に座った猫は、窓にへばりつくようにして歓声を上げた。

「これが、見たかった海？」

「そう、テレビで見てた海！　そっかぁ、あの人間たち、こういうとこに来てたんですね」

「場所は違うだろうけど、海水浴場ってだいたいあんな感じだよ。気に入った？」

「いいですね。早く外に出て、水の近くまで行きたいです」

「たぶんもうちょっとだから、待って」

今にも立ち上がろうとする猫のシャツの裾《すそ》を引っ張って、僕は小声で彼を宥《なだ》めた。

やがて、運転手がバスを停め、「ここですよぉ」と、運転席から身を乗り出して、僕たちに声をかけてくれた。

乗り込むときに宿の名前を告げて、最寄りのバス停が来たら教えてほしいと頼んでおいたのだ。

僕たちがお礼を言って降りると、バスはすぐ、三人だけの乗客と共に走り去った。

なるほど、道路のすぐ左側が海水浴場、右側が今夜の宿だ。

宿といっても、民宿に毛が生えたくらいの小さな旅館で、表には宿の名と共に、「釣り・海水浴・ご休憩《きゅうけい》・お食事」と大きく書かれていた。

「まだチェックインには早いけど、荷物だけ預けてぶらぶらしに行こうか」

正直、預けなくてはならないほどの大荷物ではないけれど、遊ぶなら完全に手ぶらなほうが気楽だ。

ガラスの扉を押して中に入ると、そこは昭和で時を止めたような世界が広がっていた。

大きな木を輪切りにして、年輪の模様を楽しむ装飾品。「寿」と書かれた赤くて巨大な杯、まだ片目しか入っていない、これまた大きな達磨《だるま》と、その横に置かれたツヤツヤと黒光りする招き猫。

狭いロビーのフローリングの床はピカピカに輝いていて、ささやかなカウンターの上には、貝殻《かいがら》で作った素朴《そぼく》な帆船《はんせん》や人魚が飾られていた。

宿のスタッフらしき人は誰もいなかったので、カウンターの上に置かれた呼《よ》び鈴《りん》を鳴らすと、すぐに奥から足音がして、暖簾《のれん》を手で持ち上げながら、初老の女性が現れた。

ふわっと、煮魚の匂《にお》いが漂う。たぶん、奥の厨房で調理中だったのだろう。

「はぁい、ああ、お早い到着でしたね。坂井さん？」

「あっ、は、はい」

予約していたのだから、名前が知れているのはわかっているが、何故、それが僕だとわかったのだろう。

その疑問を口に出す前に、女性はコロコロと笑って片手を振った。

「いえね、今日のご予約は坂井さんだけだから。こんな海水浴も始まってない平日に、釣りもしないのに来るお客さん、そうそういませんよ。お連れ様がいなかったら、ちょっと怪しんでいたかもね」

「えっ？」

「いえほら、海となるとね、物騒な目的で来る人も、たまにはいるから。これまで何人も引き留めてきたんですよぉ」

いきなりヘヴィーな話をライトに語られて、僕は口ごもってしまった。

そうか、海辺の宿には、自殺目的の泊まり客も訪れる可能性があるのか。

予約の時、目的をやたらに問われたのはそういうことかと、僕はやっと理解した。

「す、すみません、海が見たいなんて理由で来てしまって」

「いえいえ、こちらこそ、詮索《せんさく》しちゃってすみませんでしたねえ。いいんですよ、ここの海は綺麗だし、うんと海見て、いい空気を吸って、美味《おい》しい魚を食べてってください。あっ、もうお部屋入ります？」

「いいんですか？　ずいぶん早いですけど」

「いいのいいの、昨日はボウズだったから、全館ピッカピカ！　どこ見られても、恥ずかしくないですよ」

昨日は泊まり客がなかったことを明るく白状しながら、女性……おそらくは宿の女将《おかみ》は、大学ノートを取り出し、カウンターの上に広げた。その上にボールペンを置いて、僕と猫を順番に見る。

「一応、決まりだから。宿帳を書いてくださいな、お二人分」

「！」

し、しまった！　到着早々、僕は大いに動揺《どうよう》してしまった。

あまり旅をしないから、宿帳なんてものの存在をすっかり忘れていた。

そうだ、住所氏名電話番号、なんならメールアドレスまで書かなくてはならないんだった。

僕はいいけれど、猫はさすがに文字は書けない。

いや、代筆はどうにかできても、猫の……住所と電話番号は叶木神社のものでいいとしても、名前！　猫の、名前！

（うわあ、どうしよう）

女将に怪しまれないよう、のろのろと自分の分のデータを書き込みながら、僕は思わず助けを求める視線を猫にチラチラと向けた。

猫は僕の隣に来て、じーっと大学ノートを見下ろした。

字があまり読めない猫のために、僕は、自分が何を書き込んでいるのか、簡潔に知らせようとする。

「名前、と、住所、と、電話番号、と……あ、メアドの欄《らん》はないんですね」

「めんどくさいから。予約を受けるのは、旦那《だんな》がインターネットでどうにかこうにかやってるけど、連絡は電話でいいでしょ」

と、女将はカラリと笑ったが、僕はそれに愛想笑いをする余裕もない。

「ええっと、あ、もう二人分、僕がこのまま書いちゃうねっ！　住所はお社で、えっと電話番号は……いやいい、調べるから」

僕は慌ててスマートホンを取り出し、検索サイトで調べた叶木神社の住所と電話番号を書きながら、幾度も猫に目配せをした。

お前の名前はどうすればいい？　と、声を出して訊ねるわけにはいかないので、どうにか視線で伝われ！　と祈りを込める。

僕の顔と手元をキョトンとした顔つきで見ていた猫は、「あー」とわかったようなわからないような声を出したきり、それ以上のリアクションをしてくれない。

（ど、どうしよう。あとは猫の名前だけだよ。名字《みようじ》……ああそうだ、名字は猫、いや、猫はまずいな。女将さん、話し好きみたいだから、話題にされちゃうに決まってる。そ、そうだ、猪田さんでいいか！）

僕は猫とノートを交互に高速で見ながら、ごくゆっくりと、「猪田」と書いた。

視界の端っこで、猫がくりっとした目をパチパチさせ、顔をしかめるのがわかる。

どうやら、猪田さんの名字を借りたことは、あまり気に入らなかったらしい。

(でも、しょうがないじゃないか！　ああくそ、名前。名前、どうしよう。いっそ名前を「猫」にして……いや、さすがにないな)

焦りと絶望でどうしていいかわからなくなったそのとき、猫が傍《かたわ》らでボソリと言った。

「トラキチ」

僕は思わず息を呑《の》む。

「と、……と⁉」

トラキチ⁉　と叫びたかったが、女将の前なので、グッとこらえる。

猫は真顔で、またボソリ。

「トラキチ」

どんな字を書けば……と重ねて問いかけたかったが、猫は漢字など知らないので、聞くだけ無駄だし、女将に不信感を抱かせるだけだろう。

ええい、適当に書いてしまえ！

僕は、「猪田」の隣に「虎吉」と書き込んだ。

不安な気持ちのまま猫をチラリと見ると、猫は涼しい顔で頷《うなず》いてみせる。

「あらぁ、猪に虎。強そうで賑《にぎ》やかなお名前ですねえ、お連れさん」

女将は楽しそうに感想を述べる。

と、とにかくどうにかなった。

胸を撫《な》で下ろす僕の傍らで、猫は「がおー」と両手を上げて虎の威嚇《いかく》ポーズをやってみせ、大いに女将を笑わせた……。


「はー、食った食った。俺っち、こんなに腹いっぱいになったの、生まれて初めてですよ」

僕たちに与えられた十畳《じょう》の広い座敷。そこに微妙な距離を開けて敷かれた二組の布団のうちのひとつの上に、猫は気持ちよさそうに寝ころんで、両手で腹をさすった。

宿に備え付けの浴衣《ゆかた》があったものの、僕たちふたりとも、腰紐がどうにも窮屈《きゅうくつ》に感じて、僕が持参したTシャツとイージーパンツでくつろいでいる。

昼間は、海辺の散策とちょっとした磯遊《いそあそ》び、それに地元の小さな神社にお参りしたりしてのんびり過ごした僕たちは、宿に戻り、僕は女将が用意してくれた風呂を使わせてもらった。

猫は、「風邪《かぜ》気味なんで」と言い訳して入浴をスルーし、再び夕方の砂浜へ出掛けていたらしい。本当に、海が気に入ったようだ。

そして……日が暮れてから、女将が部屋に用意してくれた夕食は、度肝《どぎも》を抜かれるほど豪華だった。

いや、正確に言うと、高級な食器や、盛り付けに凝《こ》りまくった繊細《せんさい》な料理などは、食卓のどこにもなかった。

ただ、女将の夫と息子が、毎日海で獲ってくる新鮮な魚が、ごく素朴《そぼく》に調理されて、座卓の上に惜しげなくどんどん並べられていった。

刺身は白身魚と貝とイカで、どれも白くて見栄えはしなかったが、新鮮でサッパリしていて、炊《た》きたてのご飯とよく合った。

「マグロもサーモンもないけど、目の前の海で採れたもんばっかりだから、新鮮で美味《おい》しいですよぉ」

そんな女将の言葉に嘘はなく、鯵《あじ》の塩焼きも、サザエの壺焼《つぼや》きも、甘辛《あまから》く煮た鯛《たい》のあらも、赤貝《あかがい》と胡瓜《きゅうり》の酢の物も、裏の畑でもいだというアスパラガスとイカの炒《いた》め物も、鯛の天ぷらも、とても美味しかった。

僕たちは、給仕をしてくれた女将に、旨《うま》い旨いとシンプルこの上ない賛辞を送って、運ばれてくる料理を片《かた》っ端《ぱし》から平らげた。

さすがにシメのご飯はとても入らなくて、味噌汁だけ貰《もら》ったら、素麺《そうめん》とワカメと刻み葱《ねぎ》が入っていて、祖母の手料理を思わせる懐かしさだった。

僕たちは二時間ほどもかけて、王様でも食べられないような美味しい夕食を味わい、満ち足りた気持ちで部屋でくつろいでいるというわけだ。

僕は、「旅館のあの場所」とよく呼ばれる、窓際の細長いスペースに置かれた椅子《いす》の上で、胡座《あぐら》を掻《か》いている。

窓からは、道沿いに建ち並ぶ街灯に淡く照らされた、夜の海が見える。

窓を細く開けているので、打ち寄せる波の音も微《かす》かに聞こえ、仄《ほの》かな磯の匂《にお》いが漂ってくる。

本当に海の近くにいるのだと実感できて、とてもいい気分だ。

「来てよかったなあ。猫はどう？」

素直な気持ちを言葉にすると、猫は布団の上で平泳ぎのような動きをしながら、へへっと鼻の下を擦って笑った。

「最高です。人間たちは、こんな楽しいことをしに行ってたんですね。そりゃ行きたがるわけだ。俺っち、今夜、一生分くらいの魚を食いましたよ」

「一生分は大袈裟《おおげさ》だけど、ご馳走《ちそう》だったね。美味しかった。沖守さんのお店で出す料理のヒントも、貰えたかも。……ねえ、猫」

「何です？」

僕は椅子から立ち上がり、猫が転がっている隣の布団の上で、胡座を搔き直した。身体《からだ》ごと猫のほうを向き、まだ少し躊躇《ためら》いながら、昼間の一件を蒸し返す。

「宿帳のこと。あのとき、猫が『トラキチ』って名前を口にしてくれたから、どうにか女将さんに怪しまれずに宿帳を代筆することができたわけだけど……。その、それ以来、猫が『トラキチ』について何も言わなかったから、僕から訊ねたくなって」

猫は、意外そうに眉《まゆ》をヒョイと上げた。今は二人だけで気を抜いているので、ほっぺたからは長い髭《ひげ》がぴょいぴょいと伸びていて、それが感情の動きに伴《ともな》い、細やかに動く。

今の動きは……そう、少し驚いた、だろうか。

「気にしてたんですか、旦那」

「そりゃ気にするよ！　単なる勘だけど、口から出任《でまか》せの名前じゃないんだろ？　その、もしかしたら……あ、いや、答えたくなかったら無理にとは」

「昔の飼い主一家がつけた名前ですよ。別に隠すことでもねえんで」

猫は仰向《あおむ》けに転がったまま、特に嫌がる様子もなく、淡々と答えてくれた。むしろその反応のあっさり具合に、僕のほうが戸惑ってしまう。

「やっぱり！　で、でもさ。猫、全然トラじゃないよね。猫の姿のときは、ロシアンブルーみたいなグレーの猫さんだし……」

「ああ、それ。俺っちの見てくれには関係ないんですよ。子猫だった俺っちを拾ってくれたご家族の旦那が、阪神タイガースの大ファンだったんですよ」

「……ああ！」

「お前がトラ猫ならよかったのに、って、千回は言われましたね。そんで、せめて名前だけでも、って、トラキチ」

「なる、ほど。だったら、どうして最初から、そう名乗ってくれなかったの？　猫なんて、味気ない名前で呼ばせてさ」

「どうしてって、そりゃあ」

そこで初めて猫は口ごもり、それから、ピョコンと起き上がった。僕と向かい合わせに、同じように胡座を掻いて、彼は窓の外を見た。

「なんでだろうなあ。ああいや、ここに来て、ちょっとわかりました。俺っち、旦那に出会った頃は、もう人間なんざ、深くかかわるのはこりごりだって思ってたんですよ」

「ええっ？」

意外な告白に、僕は軽くのけぞる。猫は初対面のときから、とても人懐っこくて愛想がよかったからだ。

まさか、「人間はこりごりだ」などと思っていたとは、にわかに信じがたい。

「お世話になった神さんの命令だし、人間が食ってる飯は旨そうだし、旦那はいい人みたいだし、まあいいか、どうせしばらくのことだって思ってたんですよ。けど、旦那は俺っちのことが気に入ってくれたみたいだし、俺っちも旦那と一緒に飯食うのは気楽で楽しいし、そしたらいつの間にか、オコモリさんやら、町内会長やら、猪田の孫やら、その手下やら、色々人間の知り合いが増えちまって……」

僕は、黙って頷き、相づちのかわりにして、視線で先を促す。猫は、ザンバラ髪を片手バリバリと掻き混ぜるようにして、決まり悪そうに話を続けた。

「人間も、悪くねえなって。最近じゃそう思うんです。おまけに、旦那からも時々話を振られるもんだから、つい思い出すんですよね、最初の飼い主一家のこと」

「……あ、ごめん。つい興味本位で訊いちゃって、もしかして嫌だった？」

「嫌ってほどじゃねえですけど、前は、俺っちを捨ててった連中のことなんて、別に思い出す必要もねえな、なんて思ってました。けど……思い出してみると、懐かしいんですよ。どんなちっちゃいことでも、思い出すと胸の奥がギューッとなって、なんかちょっと苦しくて、でもあったかくて、甘ったるい」

そう語る猫の顔つきは、とても複雑だった。

聞いている僕の顔にも、きっと色んな感情がぐちゃぐちゃに入り交じった表情が浮かんでいたに違いない。

「海が見たいって言ったのも、人間の姿で旅がしたいって言ったのも、元の飼い主一家のやってたことを、経験してみたいって言ってたもんね」

「ですです。やっぱり、来てよかったですよ。あのうるさいやんちゃなガキどもも、家では怒ってばっかりで、外面《そとづら》だけはよかった奥さんも、家のことなんかどうでもよさそうだった旦那も、みんな、海に来たときは仲良くて、笑顔だったんだろうなって、想像できました。そしたら……」

「そしたら?」

猫はひと呼吸置いて、小さく笑って肩を竦《すく》めた。

「嬉しくなったんですよ、俺っち。勿論《もちろん》、今、俺っちも楽しいんだけど、あの一家が旅先で楽しかったんだろうなって思うことも嬉しくて。……ええと、わかります?」

僕は大きく頷いた。

「わかるよ。泣きそう」

言ったはしからジワジワと滲《にじ》んできた涙を、僕は慌てて片手で拭《ぬぐ》う。猫は、むしろ不思議そうに僕を見た。

「なんで旦那《だんな》が？」

「ごめん、部外者なのにね。じゃあ、トラキチって名前を口にしたのは」

「悪くねえな、って思ったんです。あの一家が、俺っちのこと、トラキチ、トラちゃんって呼んでた声とか響きとかが、バスから海を見てたら頭ん中に甦《よみがえ》ってきて。だから、旦那が宿帳っててんですか？　あの帳面に俺っちの名前を書かなきゃいけねえんだって気がついたとき、自然に口から出てました」

「そっか」

「俺っち、たぶんあの一家のこと、けっこう気に入ってたんですよ。俺っちも仲間だと思ってた」

「……うん。それは話の端々から感じてた」

猫は、胡座《あぐら》の膝小僧をゆっくりと動かし、上半身を器用にゆらゆらさせながら、おどけた調子で言った。

「だから、捨てられたときは……なんてーか、俺っちなりに傷ついたんだなって。今さらながら思うんですよね。ガッカリして、悲しくて、悔《くや》しかったんだな。だから、ずっとムキになって、そんなの気にしてねえってふりしてたんだなって。へへ、かっこ悪いですね」

「そんなことないよ。当たり前だよ」

僕は真剣にそう言ったけれど、猫はヒョイと肩を竦めてみせた。

「まあでも、しょうがねえんですよ、あいつらは夜逃げだったんだし、猫なんか構う余裕なんてなかっ」

「しょうがなくない！」

反射的に、自分でもビックリするほど、大きな声が出てしまった。猫も驚いたらしく、珍しくストレートに全身をビクリとさせる。

「だ、旦那？」

僕は咳払《せきばら》いして、少し声のトーンを落とした。

「ゴメン。でも、しょうがないなんて言うなよ。猫はさ、元の飼い主一家のこと、ちょっと距離感のある話し方をしてたけど、それでも僕には、猫がその人たちのことが好きなんだなって、ずっと感じてたよ。猫にとっては、家族だったんだもん。置いていかれたこと、怒っていいよ。あっちの事情なんか、関係ないよ」

でも猫は、ゆっくりと首を横に振った。

「怒ってもしょうがないでしょうよ。もう、ガキどもだっていい歳《とし》だ。奥さんや旦那が生きてるかどうかもわかんねえですもん」

「それはそうだけど、でも、そんな風に諦めるのは……いや、猫が諦めたいなら、僕がつべこべ言うことじゃないけど、せめて、僕に盛大に愚痴《ぐち》ってくれていいよ。そのくらいのことは引き受けたい気がする」

「なんで旦那が？」

「何となく。猫を置いていってしまったことは酷《ひど》いと思うけど、そのご一家がいたからこそ、僕は猫と知り合えたとも言えるわけだし。そのくらいのことは……いや、そのくらいのことしかできないから。何かゴメン、変なこと言って」

「いやいや」

猫は、再びごろんと布団に寝そべり、板張りの天井を見上げてぽつりと言った。

「俺っち、人間にはもう何も期待しねえって思ってたんですけど、旦那には旅行をおねだりしてみたくなりました。そしたらすぐこんな風に叶えてくれて、めちゃくちゃ楽しくて。最高っす。人間に期待させてくれて、サンキューですよ、旦那」

僕は、まだ胡座のままで、猫のちょっと眠そうな笑顔を見下ろす。

「そう言ってくれて嬉しいよ。僕も凄《すご》く楽しい。神様が許してくれたら、また行こう」

「行きましょう行きましょう。次は、旦那の行きたいとこでいいですよ。俺っち、付き合ってあげますから」

「ありがとう」

笑ってお礼を言ってから、僕はそっと猫に訊ねてみた。

「あのさ。これからは、トラキチって呼んでいい？」

「ハァ？　なんでまた」

猫は眉《まゆ》をひそめてみせたけれど、別に「死ぬほど嫌」みたいな顔つきではない。だから僕は、素直に答えた。

「猫の最初のご家族がつけてくれた、大事な名前だろ。嫌じゃなくなったんなら、使ったほうがよくない？　僕なんかに、そう呼ばれたくないなら遠慮《えんりょ》するけど」

すると猫は、ちょっと照れ臭《くさ》そうな笑みを浮かべ、「まあ、いいですけど」と答えた。

「ホントに？　トラキチって呼んでいい？」

「旦那が呼びたいんなら、別にいいですよ。いっときは忘れたいような名前でしたけど、今は、そう悪くない気がしてきましたからね」

「うん。とってもいい名前だよ」

僕がニコニコしてそう言うと、猫はちょっと訝《いぶか》るような顔つきで僕を見た。

「なんで今度は、そんな嬉しそうなんですか」

「だって、猫は、猫族みんなの共通ネームだけど、トラキチは、お前だけの名前だろ。だから、教えてもらえて嬉しいし、呼べるのも嬉しいよ。これからもよろしくね、トラキチ」

「……なんか照れますねえ。でもまあ、よろしくです」

僕が差し出した手を、猫、もといトラキチもヒョイと握ってくれる。

出会って四回目の春にして、僕たちはまた一歩、共に前へ進めたようだ。

猫に線香花火

二章

ささやかな、でも僕にとっては大事件が起きたのは、七月半ばのある深夜のことだった。

ぐっすり寝ていた僕は、ベッドの枕元に置いてあったスマートホンから放たれる音で目を覚ました。

「うう……な、何だ？」

一瞬、寝ぼけた頭は「アラームかな？」と思ったが、違う。電話の着信音だ。

しかもこの音は、沖守《おきもり》さん専用にセットした、ちょっとSFチックな音色である。

横たわったまま手さぐりで取ったスマートホンの液晶画面によれば、時刻はまさかの午前三時十四分。

こんな時刻に沖守さんが僕に連絡してくるなんて、ただごとじゃない。眠気は、瞬時に消し飛んだ。

僕はガバッと起き上がり、通話ボタンを押して、スマートホンを耳に当てた。

「もしもし、沖守さん？」

『ごめんなさいねえ、坂井《さかい》さん、こんな時間に。寝ていたわよね、申し訳ないわ』

ひとまず、スピーカーから沖守さんの声が聞こえたことに、僕はホッと胸を撫《な》で下ろす。

しかし、彼女の声はとても弱々しく、掠《かす》れている。

「どうしたんですか？　何かありましたか？」

ドキドキしながら問いかけると、沖守さんは「暑くて」と言い出した。

てっきり心臓関連の不調かと思っていた僕は、少し拍子抜けしつつ、問いを重ねた。

「暑い？　エアコンは？　まさか、寝るときは切ってるんですか？」

『いいえ、ここのところは、夜も暑いから、寝室の冷房はつけっぱなし。なのに、目が覚めたらとても暑くて、気分が悪くて。置きようとしても、ふらふらーっとしてしまうのよ。それで、ついお電話を。ごめんなさい。朝まで我慢すればよかった。お声を聞いたら、落ち着いてきたわ。あの、もう平気よ。お騒がせしてしまって』

いやいやいや！　落ち着いてる場合じゃない。沖守さんの声は、確かに第一声に比べれば徐々にしっかりしてきているけれど、だからといって、暑い部屋で我慢していていいわけがない。

むしろ、僕のほうが大いに動揺《どうよう》してしまう。

「お騒がせしてくれて、よかったです！　我慢なんてしちゃ駄目です。お騒がせ、大いに歓迎です！　まことにありがとうございます！」

『まあ、坂井さんたら』

慌てたせいで言葉のチョイスは最悪だが、それがむしろ沖守さんを少しだけ笑わせてくれたので、結果オーライということにしておく。

「今から行きます。もう少しだけ、待てますか？　それとも、救急車を……」

『いいえ、そこまでではないわ』

「何か、枕元に飲むものはありますか？　水とか」

『去年の夏、坂井さんが、寝る前にどうぞって枕元に水とスポーツドリンクを置いてくださったでしょう？　あれ、とてもいいから、今も続けているの。だから、あるわ』

「じゃあ、特にスポーツドリンクを、飲めるようなら少しずつ飲んでいてください。すぐ行きます！　具合が悪くなりそうだったら、また電話してください」

そう言って通話を切ると、僕は寝間着《ねまき》代わりのTシャツとハーフパンツを着替える間も惜しくて、スマートホンと財布だけを持ち、裸足《はだし》にサンダル履《ば》きで家を飛び出した……。

さすがに午前三時台では、辺りはまだ暗い。そして熱帯夜といえども、昼間よりは幾分涼しい。ただし、湿度が高いのか、吸い込む空気は酷《ひど》く湿っている。

そんな、手足に粘り着く重たい空気を振り切って、僕は沖守邸へと走った。

日頃、身体《からだ》を鍛えているわけではないし、沖守邸があるあたりは僕の家より高台なので、何度も息が切れ、脚が疲れて歩かざるを得なくなりながらも、心だけは常に全力疾走だ。

途中で、タクシーを呼べばよかったかと思ったが、小さな駅のロータリーに、始発電車が走り出す前からタクシーが停まっているとは限らない。結局、身ひとつがいちばん早いに違いないと思い直した。

沖守邸の、立派な鉄製の門扉《もんぴ》のカギを開け、朝露に濡れつつ開花のときを待っている朝顔の蕾《つぼみ》たちを横目に、僕はようやく玄関ポーチに辿《たど》り着いた。

沖守さんから「もしものときのために」と合鍵《あいかぎ》を預けられたときは、赤の他人の僕なんかが……と戸惑ったが、こういうときのために必要なことだったのだと痛感する。

お邪魔します、と敢《あ》えて大きな声で挨拶《あいさつ》しながら、僕は家に入った。

沖守さん専用の小さな居間と寝室は、一階の奥まった場所にある。

ご夫君が健在だった頃は、二階の広い寝室を使っていたそうだけれど、ひとりになってみると、二つのベッドが並ぶ部屋は寂しいし、病を得て、階段の上り下りがこたえることがあるので、今では、かつて客間だった部屋を使っている。

夜明け前に、女性の一人暮らしの住まいに合鍵で入ることにも、究極のプライベートスペースである寝室に入ることにも、抵抗がないといえば嘘になる。

でも、今だけは、そんなことを言っている場合ではない。

「沖守さん、お邪魔します！」

扉をノックし、一声かけてから、僕は返事を待たずに寝室の扉を開けた。

確かに、暑い。

僕がずっと走ってきたせいもあるだろうが、それにしても、エアコンが入っていないはずの、家の中の他の場所よりなお蒸し暑い。これでは、気分が悪くなって当然だ。

薄暗い部屋で、枕元のスタンドだけ点けて、沖守さんはベッドに横たわっていた。

顔色は青白く、表情もいかにもつらそうだ。それなのに、僕に見苦しいところを見せまいとしたのだろう、汗を拭いたらしき小さなタオルが枕元にきっちり畳《たた》んで置かれていて、僕は彼女の矜持《きょうじ》に胸を打たれた。

「ああ、坂井さん。本当にごめんなさい。そんなに汗だくになって」

「僕のことなんかいいです。大丈夫ですか？　暑いですよね。今、エアコンの具合を見ますから。せめて窓を……いや、開けても蒸し暑いか。もう少しだけ、我慢してくださいね。灯りをつけますよ？」

そう言って、僕は部屋を明るくして、壁面に取り付けたリモコンを手に、エアコンの近くまで行った。

「ありゃ。動いてはいるけど、むしろ温かい風が出てるな。全然冷房じゃない。セッティングは……」

リモコンの液晶画面を確認すると、しっかり冷房で、室温設定にも問題はない。

「沖守さん、これ、たぶん故障です。このエアコン、長く使ってますか？」

僕が訊ねると、沖守さんは枕に頭を預けたまま首を巡らせ、「そうねえ」と、少し考えて答えた。

「もう、二十年かそこらは……」

「そ、そりゃ故障もありえますね。とにかく、この部屋にいても暑いだけですから、横になれる他の部屋へ移りましょう。二階はちょっと移動が厳しいので、すぐ隣の居間のソファーでいいですか？」

「ええ、それで結構よ。申し訳ないわね」

「何を仰《おつしや》るんですか。こういうときのために、ハウスキーパー的な立ち位置の僕がいるんです。暑いですけど、なるべくリラックスして、用意ができるまで待っていてください。すぐですから」

ひとまず寝室を出た僕は、すぐさま居間のエアコンを作動させた。幸い、こちらは数分の後、快適な冷たい風を噴き出し始める。

そう広くない部屋なので、すぐに涼しくなるだろう。

それから寝室に引き返し、沖守さんに戸棚《とだな》を開ける許可を貰《もら》ってタオルケットを取りだして、ソファーの上に敷いた。

「支度《したく》ができました。起き上がれますか？　あっ、ゆっくりと」

「坂井さんたら。重病人じゃあるまいし」

「熱中症は、十分重病ですよ」

「熱中症まではいっていないと思うのだけれど」

「自己診断は駄目ですって」

本気で心配しつつも、口調はあくまで明るく会話をしながら、沖守さんの背中に手を添えて、ベッドに身を起こしてもらう。

そこから、ゆるゆると両足をまず床に下ろし、「うん、大丈夫そうだわ。坂井さんのお声を聞いて、お顔を見て、段階的に元気が出てきました」と、沖守さんはニコッとした。

ああ、彼女らしい笑顔だと胸を撫で下ろしたものの、まだまだ「油断は禁物」だ。

寝間着姿の沖守さんに手を貸して、慎重に立ち上がらせる。それから、「あんよは上手《じょうず》、だわね」と沖守さんが照れ隠しに言ったように、彼女の両手を取って、一歩ずつゆっくりと、居間のソファーへ誘導した。

「ああ、涼しい。天国……だと死んでしまうわね。極楽と言うべきかしら。どっちも同じなのかしら」

深夜に騒ぎを起こしてしまったことを、よほど恥じているのだろう。沖守さんは、彼女らしくないブラックな軽口を叩きつつ、ソファーに腰掛けた。

「横になったほうがいいんじゃないですか？　今、あっちの部屋から、枕と上掛けを持ってきますから」

僕は心配してそう言ったが、沖守さんは、「少し座って涼んでいたいわ。そのほうが楽なの」と答えた。

ソファーの背もたれにゆったりもたれた様子は、苦しそうではない。どうやら、僕の手前、強がっているというわけではなさそうだ。

ならば、と僕はいつでも横になれるよう支度して、いつもの「山猫軒《やまねこけん》」の厨房《ちゅうぼう》ではなく、沖守さんがいつも使うキッチンへ行き、冷蔵庫から冷えた麦茶を大ぶりのグラスに注いで持ってきた。昼間、僕がたっぷり作って冷やしておいたものだ。

「スポーツドリンクばかり飲んでいると、口の中が甘ったるくなるかと思って。これでも飲んで、身体の中から冷やしてください」

そう言ってグラスを差し出すと、沖守さんは嬉しそうに受け取り、ごくごくとグラス半分ほども一気に飲み干した。

「ああ、生き返った。やっぱり、日本人には麦茶ねえ」

「わかります。少しスッキリしました？　顔色はよくなってきたみたいですけど。部屋も、いい感じに涼しくなってきましたね」

僕がそう言うと、沖守さんは、ややくたびれた笑顔で頷《うなず》き、溜め息をついた。

「もう大丈夫よ。今は、恥ずかしさと申し訳なさで死にそう。大袈裟《おおげさ》に騒いでしまって、ごめんなさいね」

「いいえ、そんなことは。もし、着替えとかしたければ……」

「いいえ、それはひと休みしてからで」

「じゃあ、羽織《はお》るものだけ持ってきましょうか。今度は冷えすぎたらいけないので。ええと、どこに……」

「寝室の、書き物机の上に、膝掛けが畳んで置いてあるわ」

言葉も指示もしっかりしている。ひとまずは安心だ。

僕が温かそうな膝掛けを手に戻ってくると、グラスを目の前の低いテーブルに置いた沖守さんは、両手を頰《ほお》に当てて、困り果てた顔つきをしていた。

「沖守さん？　膝掛けどうぞ。他にも何か必要なものがあったら」

「いいえ。もう何も。本当によくしてくださってありがとう。まだ眠りの中にいたはずの時間に、あなたを叩き起こして呼びつけて、ヘトヘトにさせてしまって。どうお詫《わ》びすればいいか……」

どうやら体調が落ち着いたことであれこれ考えられるようになり、いつもの遠慮《えんりょ》深さと理性が甦《よみがえ》ってしまったらしい。

僕は敢えて沖守さんの隣に、でも精いっぱい距離を空《あ》けて座り、「それこそ、大丈夫です」と言った。

「大丈夫って……」

「僕は、深夜に具合が悪くなったとき、沖守さんが僕を頼ってくれて、嬉しいです」

「坂井さん」

「さっき、ハウスキーパーだから、みたいなことを言いましたけど、それだけじゃないです。いつもお世話になってて、僕は沖守さんのこと、勝手に祖母みたいに思っていますから。そりゃ、できないことのほうが多いですけど、今夜はちょっとくらいはお役に立てたみたいだし、誰かいるってだけでマシなこともあるでしょうし」

「マシどころか、どれだけ心強かったか。あなたには、出会ったときから助けられてばかりだわ。本当にありがとう、でももう帰ってくださって大丈夫よ。ゆっくり寝直してちょうだい。今日は、『山猫軒』はお休みにしましょう」

そんなことを言い出した沖守さんに、僕は慌てて首を横に振った。

「そんなに気を遣わないでください。あとで、ちょっと帰ってシャワーを浴びて着替えてきます。お店はいつもどおりやれますよ」

「でも……」

「仕事をしながら沖守さんの様子を見られて、僕が安心なんです。だから、そうさせてください」

「……ありがとう。おかげさまで、気分がよくなってきたわ。少し、横にならせてもらおうかしら」

まだ沖守さんの表情が曇っているのが気になったが、とにかく、横になって眠れるなら、そのほうがいいだろう。

「ソファーじゃ身体《からだ》が休まりにくいかもしれませんけど、エアコンが直るまでは辛抱《しんぼう》してください。上掛け、毛布一枚で大丈夫ですかね？　今度は寒かったりしませんか？」

「ちょうど心地いいわ。寝心地も、思ったより悪くない……」

ありがとう、ごめんなさいね、と吐息交じりにまた繰り返して、沖守さんは目を閉じた。

僕は、目覚めたときにいつでも飲めるようにと、おかわりの麦茶を取りに台所へ行った。

グラスを持って戻ってくると、沖守さんは静かな寝息を立てていた。

よかった。呼吸も表情も、ずいぶん楽そうだ。

もう少し様子を見て、通りに人の往来が多くなる時間帯が来る前に、自宅へ着替えに帰ろう、と思いながら、僕はひとり掛けの別のソファーに静かに腰を下ろした。

一応、「山猫軒」の雇われ店長なので、お客さんにこんなラフ過ぎる服装で街をウロウロする人物だと思われては困る。

どうやら、僕のほうも、そんなことを考えられる程度には落ち着きを取り戻せたようだ。

(どうか、このまま何ごともなく回復しますように。ああ、そうだ。もし、少し食べられそうならすぐ用意できるように、備蓄食のお粥《かゆ》のレトルトを、うちから持ってこよう)

そんなことを考えながら、僕は、分厚いカーテンの隙間《すきま》から、リボンのように淡く床に差す、白々した朝の光を眺めた。そして、甦ってきた眠気にしょぼつく目を擦った……。


「ってことがあってさ、先週」

夕食を食べながら僕の話を聞いていた猫、もといトラキチは、大袈裟に眉《まゆ》をひそめてみせた。

「先週？　昨夜のことかと思ったら、えらく前の話じゃありませんか」

「そうなんだよ」

僕は、トウモロコシのかき揚げを頬張りながら、やや不明瞭に相づちを打った。

トウモロコシの粒を包丁で外し、天ぷら粉をまぶしつけて最低限の水でまとめ、缶バッジのように平べったく揚げたものだ。

仕上げにパラパラ振った塩が、トウモロコシの甘みを引き立てている。カリッ、サクッとした歯触りも心地いい。我ながら上出来だ。

何より、あっという間にできるのに、驚くほど美味《おい》しくて、しかも手間がかかっているように見えるのがいい。もっとたくさん作ればよかった。

「何だって、すぐ俺っちに教えなかったんです？　聞いてりゃ、俺っちも見舞いにくらい行きましたよ。まあ、昼間は猫の姿なんで、行ってもにゃあにゃあ言うだけですけど、可《か》愛《わい》い猫の見舞いを喜ばない人間はいませんからね」

トラキチの声の響きには、軽い非難の色が滲《にじ》んでいる。僕は、ごめんと謝ってから、一応の弁解をした。

「ホントはさ、誰にも話さないつもりだったんだ。沖守さん、相当恥ずかしがってたし、凹《へこ》んでたからさ。幸い大ごとにはならずに済んで、エアコンも業者さんがすぐ来て、もう買い換えたほうがいいってことになって、新品を取り付けてもらえたし」

「そんじゃ、なんで今になって、わざわざ言う気になったんです？」

トラキチの疑問はもっともだ。僕は正直に告白した。

「知恵を、借りたいんだ」

「知恵？　俺っちの？」

「そう。沖守さん、その一件で、ぐっと気弱になっちゃってさ。年末は友達と旅行に行けて、体調にも自信が戻ってきてたんだけど……」

トラキチは、鼻筋にきゅっと皺《しわ》を寄せた。

「何です、熱中症になったせいで、もう死ぬとか言っててんですか？」

「そこまでじゃない！　だけど、覇気《はき》がなくなってる。そりゃ不安になるのはわかるけど、友達との食事や観劇の約束、全部キャンセルしちゃったらしいんだよね。元気になるまでお出掛けは控えます、また他人様《ひとさま》にご迷惑をかけるようなことがあってはいけないからって」

するとトラキチは、照焼《てりやき》にした鶏肉を、フォークでざくりと刺して齧《かじ》りながら、平然と言い返してきた。

「今は出掛けないほうがいいんじゃありません？　俺っちだって、お社《やしろ》からここに来るだけで、暑くて伸びますよ。旦那《だんな》だってそうでしょ」

「それはそうなんだけど、夏が過ぎたら元気になるとは限らないし、今は九月、十月まで結構暑いだろ。それまで、何も楽しい予定がないんじゃ、逆に弱ってしまいそうで心配なんだ」

彼はようやく、訳知り顔でふむふむと頷いた。

「ああ、そいつぁ確かにそうだ。張り合いがないと、人間は弱っちまいますからね。旦那は優しいですねえ」

「優しいとか、そういうことじゃないよ。沖守さんは……雇い主をこんな風に言うのはどうかと思うけど、気持ちの上では身内だもん」

「それもそっか。俺っちもそんな気分ですよ、最近じゃ。オコモリさん、猫のときの俺っちにも優しいですからね。猫さん猫さんって手招きして、頭撫《な》でてくれたり、耳の後ろを掻《か》いてくれたり、たまにはとびきり上等の刺身の端っこをくれたりしますもん」

「そんないいものを貰《もら》ってたの⁉　それってきっと、沖守さんの夕食の上前じゃないか」

へへへ、と笑って、トラキチはふと真顔になってこう言った。

「確かに、オコモリさんはいい人だ。俺っち、あの人が死んだらけっこう悲しいですね」

「縁起《えんぎ》でもないこと言わないでくれよ。僕は沖守さんにうんと長生きしてほしい。でもそれは、病気はあっても、できる限り健《すこ》やかで楽しくって意味なんだ。不幸せな気持ちで、クヨクヨしながら生きててほしいわけじゃない」

僕の言葉に、トラキチは口いっぱいに鶏肉を頬張ったままで頷いた。

「ほらほーへふ」

そりゃそうです、と言ったようだ。

いつもは鶏のもも肉を一口大にしてから焼くのだが、今夜は「山猫軒」の営業を終えた後、少し模様替えなどをしていたので遅くなってしまい、焦って大ぶりに切って豪快に仕上げてしまった。

おかげで、僕もトラキチも、どこから齧ったものかと、彫刻か焼き物でも鑑賞するように、鶏肉を色々な角度から観察する羽目になっている。

ごくん、と鶏肉を飲み下し、大きなグラスに氷たっぷりと共に注いだ麦茶をぐーっと飲んで、トラキチは大満足の顔つきで、改めて口を開いた。

「で、旦那はオコモリさんに出掛けてほしいんですか？」

「いや、お前が言うとおり、今は暑いから、心臓が悪い沖守さんに昼間のお出掛けはリスキーかなって思うんだよ。そうでなくても、お歳《とし》だしね」

「そんじゃ、俺っちはどっち方向にこの優秀な頭を絞《しぼ》ればいいんです？」

「だから、わざわざ出掛けなくても、沖守さんが楽しく……せめて、ちょっとくらい気分転換ができることがないかなって。オンデマンドで見られる映画とかドラマとかは勧めてみたんだけど、既にけっこう見てるんだよね、沖守さん」

「へえ。テレビっ子なんですか、オコモリさん」

「そうみたい。でも、そうやってゴロゴロして画面を見ていると、最初は楽しいけど、だんだん気が滅入《めい》ってくるって嘆《なげ》いてた」

トラキチは、スーパーの惣菜《そうざい》売り場で買ったポテトサラダを頰張《ほおば》り、首を傾《かし》げた。

「そういうもんでございますかねえ。俺っちなんて、暇なら暇なほどいいと思うんですけど」

僕は曖昧《あいまい》に頷き、同じようにポテトサラダを食べてみた。

色々な野菜が入って彩りがいいけれど、やけに甘くてまったりしている。マヨネーズだけでなく、コクを出すために少し練乳《れんにゅう》が入ってるかもしれない。

子供にウケがよさそうな味付けだな……と、つい元メニュー開発担当の好奇心が疼《うず》くのをぐっと抑えて、僕はもりもりと食が進むトラキチを見た。

「暇を無限に楽しめる人もいるんだろうけど、僕は沖守さんの気持ち、わかる気がするな」

「旦那は暇が嫌いですかい？」

「嫌いじゃない。お金の不安がないなら、ゴロゴロしていたい」

「そっか、人間は稼《かせ》がなきゃいけねえ生き物ですもんね。そこは同情しますよ。けど、金さえありゃ、旦那は無限にゴロゴロするんでしょ？」

「無限には無理」

「へ？　どうしてです？」

　本当にわからないと言いたげな顔で問いかけてくる猫に、僕は正しい言葉を探しながら答えた。

「しばらくならいいけど、暇があんまり続くと、自分があまりに無価値に思えてきて、嫌になるし、不安になると思うんだよね」

「むかち？」

「値打ちがないってこと。何もしていないことで、誰の役にも立ってない、誰にも必要とされてない。自分がいてもいなくても、誰も気にしない……そんな風に感じて、落ち込んでくるんだよ」

　ポテトサラダをぱくぱく平らげ、猫は大袈裟《おおげさ》な顰《しか》めっ面《つら》をした。

「うわあ、人間めんどくせえー……でございます」

「語尾だけ丁寧《ていねい》にしても失礼は回避できてないからね！」

「別に誰の役に立たなくてもいいでしょうに。自分ひとりで好きに生きて、好きに死にゃいいと思うんですけどねえ」

　僕は思わず苦笑いして、食べ切れそうにない鶏肉を一切れ、トラキチの空《から》っぽになった皿に置く。

「よかったらどうぞ。猫はそうかもしれないけど、人間は、他の人や社会との繋《つな》がりを重く考える人が多いからさ。なかなかそんな風に割りきるのは難しいんじゃないかな」

「ふーん」

「まあそれはそれとして、沖守さんを励《はげ》ませるようなことが何かできないかな」

「んー。よくわかんねえですけど、オコモリさんが家で楽しくなれることを考えりゃいいんですね?」

「うん、端的に言えばそう」

すると猫は、遠慮《えんりょ》なく頬張った鶏肉を旨《うま》そうに咀嚼《そしゃく》しながら、少し考えてこう言った。

「ほんじゃ、旦那と俺っちで、オコモリさんちで飯食うのはどうです? 家ん中じゃつまんないだろうから、夕方にちょいと涼しくなってから、庭で、とか?」

僕は、ポンと手を打った。

「ああ、納涼会食みたいな感じ? 庭にテーブルを持ちだして?」

トラキチは、ふんふんと頷《うなず》く。

「ですです。ぐるぐるの煙たいやつ、いっぱいぶら下げて」

「蚊取り線香ね。それもマストだな。ちょっと素敵なテーブルセッティングにして、灯りなんかも用意して、夕涼みしながら食べる。うん、いいかも」

「そういうの、何ていうんでしたっけ。ピクニック？」

「おうちピクニックか。庭だけど、気分だけでもアウトドアで、外の空気が吸えて、気分が変わりそうだね」

猫は頷き、頬の髭《ひげ》を弄《いじ》りながら、うーんと首を捻《ひね》った。

「けど、俺っちと旦那だけじゃ、いつもどおりすぎて盛り上がらねえか。いっそ、猪田《いのだ》の孫とか呼びます？　例のサラダ油男も」

「鳥谷《とりたに》君ね。サラダ油の件は、もう言わないであげて」

鳥谷君の焼身自殺を制止したのは僕だということになっているけれど、本当はトラキチもその場に居あわせていた。ただ、猫の姿だったので、話がややこしくなるのを避けて、手柄を僕に譲《ゆず》ってくれた形になっている。

あまり人間の名前を正確に覚える気がないトラキチなので、鳥谷君のことも、未だに「ネトネトのサラダ油を頭から被《かぶ》った男」としか認識していないらしい。

「覚えた？　鳥谷君、だからね。そう過去の話を持ち出されるの、けっこう傷つくもんなんだから」

「はあ、人間めんどくさいでございますねえ、ほんとに」

「また！　でもまあ、猪田さんたちを誘うのは賛成。たまに時間があるとき、パンを『山猫軒』まで配達してくれたりするから、沖守さんも、いつかお礼をしたいわねって言ってたし」

猫はうんうんと偉そうに胸を張る。

「俺っちのナイスアイデアでしたね！　夕方なら、俺っちも楽勝でこの姿で行けますし、四人いりゃ、オコモリさんも寂しくなる暇がないでしょ」

「そうだね。料理は簡単なものしかできないけど、僕がなんとか用意するよ。ピクニックなら、重箱に詰めて、みんなで取り分ける感じでもいいよね」

「俺っち、旨けりゃなんでもいいです」

「はいはい。でも、ありがとう。僕だけじゃ、話題も持たないし、明るいとか楽しいとか、そういう雰囲気《ふんいき》、出せないからさ。トラキチが参加してくれるなら、凄《すご》くありがたい」

僕は素直にお礼を言った。自分に何の面白みもないことは、よくわかっている。人づきあいが僕より苦手そうな鳥谷君はともかく、サービス精神満点のトラキチや、人当たりのいい猪田さんがいてくれると、きっと沖守さんも、「山猫軒」の常連さんたちとはまた違った感じの会話を楽しめるだろう。

でも、トラキチは何だか微妙な顔で僕を見て、こう言った。

「確かに旦那《だんな》は面白くはないかもですけど、面白くなきゃ駄目ってこともねえと思いますよ」

「なんか、フォローしてくれてありがとう。でも、面白くないよりは、面白いほうがいいと思う」

「どうですかねえ。まあ、旦那がどうしても面白くなりたいってんなら、長年、氏子《うじこ》のおっさんたちから俺っちが熱心に聞いて覚えた、いかしたダジャレなんかを特別サービスで伝授しますけど」

「……それは、謹《つつし》んで遠慮したいかな」

ただの慰めかもしれないけれど、神社のアイドルであり、たくさんの参拝客を長年癒《い》やしてきたトラキチに「面白くなきゃ駄目ってことはない」と言われると、少しだけ気が楽になる。

僕は、もう一度「ありがとう」と言い、「今日は、デザートにわらび餅《もち》があるよ」と、とっておきの情報を告げた……。

翌朝、沖守邸に出勤する前、「パン屋サングリエ」に立ち寄った僕は、他に客がいなかったのをいいことに、挨拶《あいさつ》に出てきてくれた猪田さんに事情をざっくり打ち明けてみた。

「おや、沖守さんがそないなことに？　大ごとやのうてよかった」

猪田さんは、驚いた様子でギョロ目を丸くした。

「そうなんです。だけど、大ごとじゃなかったから余計に、深夜に僕に助けを求めたことでずいぶん自己嫌悪して、落ち込んじゃってて。お店のお客さんとお喋《しゃべ》りしてるときはいつもどおりなんですけど、それ以外のときは、溜め息が多いし、言うこともネガティブなんですよね」

「ネガティブって、どっち方面に？」

「んー、食器を整頓《せいとん》してたら、『来年、桜の食器を使うまで生きていられるかしら』って言い出したり、僕に、『もし次の職場が見つかるようなら、仕事を休んでもいいからお探しなさいよ』って言い出したり」

「ああー、そういう……。なるほど、思いがけないアクシデントで体調を崩したせいで、健康不安や死の予感が強くなってしもてるわけですか」

猪田さんは、太い眉《まゆ》を軽くひそめる。僕は頷いた。

「主治医の先生は、病気の経過は驚くほどいいですよって励ましてくださったし、僕も、いつだって、何度だって、困ったときは迷わず呼びつけてくれていいんですって言ったんですけど」

「そらぁ、まあ、ねえ」

猪田さんは首に掛けたタオルで、顔や首の汗をゴシゴシと拭きながら、さりげなく言った。

「後半はしゃーない。呼ばれたほうは平気でも、呼んだほうは引きずるもんですわ」

「そういうもんでしょうか？」

猪田さんは、やけに深々と頷く。

「そういうもんです。これは坂井さんを責めとるんやないですけどね。何ごとも、当事者になってみんと、わからんことがあるんです。例えば……」

「例えば？」

「粗相《そそう》が続く高齢者に、おむつを穿《は》いてもらう。これで、高齢者は安心して排泄《はいせつ》できる、介護者の負担もある程度軽くなる……それが一般的な理解ですやん？」

「よく聞く話ではありますね」

何故、猪田さんが唐突《とうとつ》にそんな話を始めたのかわからないまま、僕は差し障《さわ》りのない相づちを打つ。

猪田さんは、真顔で話を続けた。

「けど、おむつに排泄するってね、そない簡単なことやないんですよ、坂井さん。自分、学生時代、高齢者施設でバイトしてた時期があったんですけど、そんときにね、職員さんにおむつを渡されて、『宿題よ。家で穿いて、いっぺんオシッコしてみて』って言われたんです」

「おむつを……猪田さんが？」

猪田さんはほろっと笑って、自分の下半身を指さした。

「自分も、けったいな宿題を出されたなあと思いましたよ。そんなん、人前やったらゴメンやけど、家でひとりやったら楽勝や……そう思うて夜に穿いてみたんですけど、これが出えへんのですわ」

「出ない？」

「出したくても、出されへんのです。赤ん坊の頃やったらともかく、人生のほとんどの時期、ションベンはトイレで出すもんやったわけでしょ。いきなりおむつに出そうとしても、腹に力が入らへん。恥ずかしゅうて、妙に躊躇《ためら》ってしもて、どうにも踏み切られへん。なんや、身体《からだ》が勝手にストップかけるみたいな状態になるんですわ」

「……そう、なんだ」

「ちょろっと出すだけでも、えらいこと時間と勇気が必要でした。自分で出して自分で片付けるんでもそうです。他人にそれを見られて片付けてもろて、身体を拭かれて……そら、あまりにもハードルが高いですわね」

「そんな風に、考えてみたことはなかったです」

正直に白状すると、猪田さんも腕組みしてうんうんと頷いた。

「自分もです。下のお世話をするとき、怖い顔で黙りこくって、お礼の一言も言わん人って何なんやって、ちょっと憤《いきどお》っとった己を、そのとき初めて恥じました。誰かて、好きでそんなことで他人の世話になりたくはないんです。そんな風になってしもた自分に耐えるんで、精いっぱいなんですわ」

「……そうか。確かに」

僕が感銘《かんめい》を受けつつ同意すると、猪田さんはいかにも神職らしい、穏やかな声で言った。

「そやからね、坂井さん。坂井さんの気持ちは痛いほどわかっとる沖守さんが、それでも申し訳なく感じて凹《へこ》むんは。自然なことです。誰かの世話になるっちゅうんは、本人にしかわからへん、重たいしんどさがあるんです」

「そ……そっか。そうですよね。助けるほうより、助けられるほうがしんどい。それは、何となくわかる気がします」

「うちのトリにも、そういうとこがありましてね」

猪田さんはそこで言葉を切って、店の奥にある厨房《ちゅうぼう》のほうを見た。

入り口から見える厨房の中では、頭をすっぽりタオルで包んだ青年が、切り分けたパン生地を一つずつ、真剣な顔つきで計量している。

去年の秋から、ここの住み込み店員になった鳥谷君だ。

若くして、いや、若いからこその理由で人生に行き詰まり、叶木《かのうぎ》神社で焼身自殺をはかろうとして僕と猫に制止された彼は、猪田さんの温情で、彼が経営する「パン屋サングリエ」に迎え入れられた。

未だ情緒《じょうちょ》に不安定なところがあり、メンタルクリニックに通院しながらの勤務だが、最近ではすっかりパン職人見習いの仕事が板につき、きびきびと働く姿が見られるようになった。

「だいぶ落ち着いた言うても、波があるんはしゃーないな、と思うてるんです。あいつには、一方的に掬《すく》い上げられた人間のしんどさ、つらさがある。生きとってよかったと思う日もあれば、死んどったら楽やったのにと思う日もあるやろと。そこは、あいつが自分でバランスの取り方を覚えて、乗り越えんとあかんことですから、自分は見守るだけですけど」

「なる、ほど。あっ、それで、あの、その鳥谷君もよかったらって話なんですけど……」

僕は慌てて、「おうちピクニック計画」を猪田さんに打ち明けた。

猪田さんは黙って耳を傾け、そしてニカッと笑った。

「今度の土曜の夕方やったら、自分は全然ええですよ」

「今さらですけど、こちらのお店のほうは大丈夫ですか？」

「週末は、神社の仕事がわりとよう入るんでね。地鎮祭《じちんさい》とか、そういうんが。なんで、パン屋は基本、休むことにしとるんです。この土曜は何もないんで、喜んで参加させてもらいます。準備もできる範囲で手伝いますし。おーい、トリ」

猪田さんに呼ばれて、鳥谷君は作業の手を止め、パン生地にフワッと布を被《かぶ》せてから、売場に出てきた。

相変わらず痩《や》せぎすで、猫背《ねこぜ》気味で、うっそりした雰囲気《ふんいき》のある彼だけれど、「あ、ども」と、よく見ないとわからない程度の微《かす》かな笑みを見せ、挨拶してくれた。

「こんにちは、鳥谷君。今、猪田さんと話してて……」

もう一度、ざっくり説明した僕は、「休みの日のお誘いだから、絶対に無理はしないでほしいんだけど」と前置きしてから、沖守家でのピクニックに鳥谷君も誘ってみた。

話を聞いているあいだ、彼がずっと顰《しか》めっ面《つら》をしていたので、こちらとしては、断られる気まんまんで、少しも動じず「そうだよね、大丈夫、気にしないで」と言うシミュレーションを脳内で何度も繰り返していた。

だから彼が、ムスッとした不景気な顔のまま、「いいっすよ」と言ったとき、つい「えっ？」と驚きの声を上げてしまったのは、仕方ない……と思いたい。

「あっ、いや、ゴメン！　本当にいいの？　無理してない？」

「別に……。どうせ休みの日でもやることねえし。合コンとかは嫌ですけど、知ってる人ばっかだし。婆《ばあ》さんと飯食うだけなら、別に」

「こら、婆さん言うな。お世話になっとるお客さんやろが」

「すんません」

どうやら、こちらもトラキチと負けず劣らずのレベルで、名前を覚えないタイプの人物らしい。猪田さんに叱《しか》られ、首を竦《すく》めた鳥谷君は、その驚いた亀みたいなポーズのままで僕を見た。

「あの……いらなきゃいいんですけど」

「ん？」

「準備、手伝います？　俺、最近、ソロキャン始めたんで、ちょっとは役に立つかも」

「ソロキャン？　ああ、ソロキャンプ！　マジで！」

「ひとりでやれて気が楽なんです。あ、いや、いらなきゃ全然いいんですけど」

鳥谷君の隣に立つ猪田さんが、ニカッと笑顔で目配せしてくる。

ああ、なるほど。鳥谷君にとっては、僕もまた「自分を掬い上げた人間のひとり」なのだ。その僕の計画を手伝うことで、「借りを返したい」という気持ちでいるのかもしれない。

本当は、そんな風に思ってもらう必要はないのだけれど、それもまた「当事者にしかわからない」心境なのだろうと僕は考えた。

「あの、凄《すご》く助かる！　僕、計画を立てたものの、パーティの経験値がめちゃくちゃ低いっていうか、ないっていうか……まあ、見てのとおりの陰キャだから、力を貸してもらえると本当にありがたいよ」

とても正直にそう言うと、鳥谷君はちょっと驚いた顔をして、「ああ、陰キャはなんかわかりますけど」と、こちらも恐ろしく正直なコメントを返してくれた。

「こら、トリ」

「あ、また。すんません。けど、自分で言った……」

「自分で言うのと他人に言われるんは違うやろ。まあけど、お前、ソロキャンなんかやっとったんか」

猪田さんにそう言われて、鳥谷君はようやく首を元に戻して頷《うなず》いた。

「店長に給料貰《もら》えるようになったし。前から興味あったんで」

「へえ、ええ趣味やないか」

鳥谷君を店の二階で寝起きさせていても、猪田さんは彼の私生活にはノータッチを貫いているらしい。猪田さんらしい絶妙な距離の取り方だ。

「じゃあ、是非《ぜひ》手伝って。助かる！」

「わかりました。……じゃ」

そう言うと、鳥谷君はエプロンでゴシゴシと手を拭くと、大きなポケットからスマートホンを取りだした。

「色々相談あるだろし、連絡先でも交換しときます？」

「えっ？　あ、そ、そうだね」

意外なお誘いに驚きつつ、僕も自分のスマートホンを取り出す。それを見て、猪田さんはちょっと大袈裟《おおげさ》にのけぞってみせた。

「おいおい、トリ、俺とは交換してへんぞ～」

「店長はいいでしょ、別に」

「まあ、そうやけど。直で会うしな」

「です。えっと……じゃ、仕事あるんで」

そう言うと、鳥谷君はペコリと頭を下げて厨房へ戻っていく。その痩せた背中を見送り、猪田さんは眼鏡《めがね》の奥の目を細めた。

「相変わらず愛想の欠片《かけら》もない奴やのに、自分から連絡先の交換を言い出したんは驚きました。ええことです。そういう心の開き方もあるんですねえ」

「なんか、嬉しいです。アウトドアが趣味だなんて、心強いな」

「こき使って……いや違うな。存分に頼ったってください。それがたぶん、あいつの力になるんで」

猪田さんのそんな言葉の意味が、今はちょっとわかる気がする。

「ありがたく、頼らせていただきます！」

ペコリと頭を下げた僕は、「ところで、予約していた食パンを……」と、遅ればせながら「仕事」に戻ったのだった。


そんなわけで、土曜日の夕刻。

僕のエスコートで庭に出てきた沖守さんは、「まあ……まあまあ！」と、しばらくぶりに聞く華やいだ声を上げた。

まだ完全に日が落ちていないが、薄暗くなってきた庭の芝生《しばふ》が、今日のパーティ会場だ。

数日前に僕が綺麗《きれい》に刈り込んでおいた芝生の上に、大きなアウトドア用のテーブルを据え、折りたたみ式の椅子《いす》が人数分、セットされている。

それらはすべて、沖守家の物置に入っていたものだ。かつて、沖守さんのご夫君や息子さんが生きていた頃、客人を自宅に招いて楽しく過ごした、そうした思い出を沖守さんと共有した家具たちである。

取り出したときは埃《ほこり》と錆《さび》だらけで途方にくれたけれど、綺麗に拭き上げてみると、まだ現役《げんえき》であることがわかった。

それでも、天板の変色はどうしようもないので、綺麗なテーブルクロスを敷くことでカバーしたら、なおパーティ感が強まって、むしろいい感じになった。

トラキチは、人間の姿になりやすい時間帯になってから……つまり、ついさっき登場したので涼しい顔をしているが、猪田さんと鳥谷君、そして僕は、数時間前から設営に励《はげ》んでいたので、けっこうな汗だくだ。

特に、鳥谷君は、野外フェスのスタッフみたいな黒いTシャツとジーンズという服装で、今日も頭にタオルを巻き、ひときわ大汗を掻《か》いている。

それもそのはず、打ち合わせを重ねる過程で彼が発案してくれて、バーベキューをしようということになり、しかも、みずから火の番を買って出てくれたからだ。

火熾《ひおこ》しから火力の調整まで、実はボーイスカウト出身の猪田さんにさりげなくちょこちょことアドバイスをもらいながらひとりでやり遂《と》げた鳥谷君は、相変わらず表情に動きはほとんどないものの、全身から輝くような達成感を放っている。

叶木神社の宮司《ぐうじ》でもある猪田さんはともかく、鳥谷君とは、彼がパンを店まで配達してくれたとき、沖守さんに一言「ども」と挨拶《あいさつ》をするだけだったので、僕は沖守さんに、改めて鳥谷君を紹介した。

「宮司さんのパン屋さんで住み込みを。お若いのに、偉いわ。将来、どんな道に進まれるとしても、手につけた技と、頭に入れた知識は決して無駄にはなりませんからね。頑張ってね。今日は来てくださって、本当にありがとう」

沖守さんは、鳥谷君の軍手を嵌《は》めた右手を、自分のたおやかで小さな両手でギュッと包み込むようにして歓迎の挨拶をした。

「あ、手、汚れるんで」

ぼうっと痩せた顔を赤らめた鳥谷君は、慌てて手を引こうとしたが、沖守さんは両手にいっそう力を込めて、それを許さなかった。

「よく働く人の手の汚れは、尊《とうと》いものよ。お庭でバーベキューなんて、本当に久し振り。あなたの提案なんですってね、鳥谷さん。とっても嬉しいわ。猪田さんも猫さんも、来てくださって本当にありがとう」

ポロシャツとスラックスといういささかおじさんくさい服装の猪田さんは、腰から上半身をまっすぐ折るような美しい姿勢で、礼儀《れいぎ》正しく一礼した。

「お誘いいただきまして。沖守さんの健康と長寿をご祈願する集《つど》いと伺《うかが》い、喜んで参上しました」

ザ・神職！

そう言いたくなるような言い回しで、さりげなく沖守さんに今日のパーティの意図を伝えてくれた猪田さんに、僕は視線で特大サイズの感謝の念を送る。

沖守さんは、ちょっと驚いた様子で僕を見た。

数日前、彼女に庭を使う許可を得、このパーティに誘ったとき、僕は敢《あ》えて「納涼会」としか伝えていなかった。

実は自分がパーティの主役と知らされては、沖守さんが戸惑うのも当然だ。

しかし、沖守さんが何か言おうとするより早く、トラキチがスッと椅子を引き、あっけらかんとした笑顔で声を上げた。

「オコモリさん、早いとこ座ったほうがいいですよ。ぶっ倒れたら、せっかくの飯が食えなくなっちまうんで」

「ちょ……トラキチ！」

僕は思わず声を上げたけれど、その率直《そっちょく》さが、沖守さんにはむしろ心地よかったらしい。

「そうね。『ぶっ倒れ』ては、坂井さんだけじゃなく、皆さんにご迷惑をかけてしまうものね」

そう言って僕の手を離し、椅子のほうへ行く沖守さんに、トラキチは真顔で言い返した。

「迷惑ってのは、俺っちにはわかんねえです。ただ、オコモリさんが、旨《うま》い肉とか、でっかいソーセージとか、ピカピカのイカとかを食えないと、オコモリさんも残念だし、ここんとこ、夜な夜な相談してた、旦那《だんな》とトリ男も残念でしょ。そういう話」

「トリ男……って、え、俺っ？」

さすがの鳥谷君も、勝手にあだ名をつけられたことに気づき、いつもより大きめの声を上げる。僕は慌てて、彼に謝った。

「ゴメン、あいつ、人の名前を覚えるのが下手《へた》で。あいつのことも、猫でもトラでも好きに呼んでやって！」

「や……猫さんは猫さんでいいですけど、別に。ってかトリ男って。センスねえわ」

そんな鳥谷君の切実なツッコミがおかしかったのか、沖守さんは椅子に腰を下ろし、クスクスと笑った。

最初、パーティに参加してほしいと言ったときには、沖守さんは正直なところ、あまり乗り気でなかった。

「お庭は好きに使ってくださっていいのよ。でも私は……」

そんな風に参加を辞退しようとするのを、僕にしては目いっぱい強引に、家主として少し顔を出してくれたらそれでいいからと丸め込んだのである。

でも、実際にパーティの設《しつら》えを見て、炭火の匂《にお》いを嗅《か》いで、客人たちの顔を見た今、沖守さんの顔は、明らかにここしばらくとは変わっていた。

たぶん、甦《よみがえ》った亡き家族との楽しい思い出も、彼女の心を温めてくれたに違いない。

「もう、お人が悪いわ、坂井さん。このパーティ、私のためだったのね？　私があんまり落ち込んでいたものだから」

僕は、照れ笑いして、沖守さんの前に行き、ペコリと頭を下げて謝った。

「すみません、騙《だま》すみたいなことをしちゃって。でも、沖守さんにどうにか元気を出してほしくて。あと……その、知ってほしくて」

「何をかしら？」

頭を上げて見た、首を傾《かし》げる沖守さんの顔に、怒りの色はない。そこにホッとして、僕は素直な気持ちを打ち明けた。

「沖守さんは、自分の体調のことで、他人に迷惑をかけるのを凄《すご》く気にしておられるし、そういう気持ちは沖守さんのものだから、僕がとやかく言えることじゃないんですけど……ええと、でも、それは本当に何でもないってのは、もう一度、声を大にして言っておきたくて」

沖守さんは、ちょっと戸惑いがちに僕の顔を見る。

「え、ええ、それは……何度も言ってくださっているわね」

「僕としては、沖守さんに頼られるのは嬉しいし、役に立てたらもっと嬉しいし、それで沖守さんがピンチを脱して、元気になってくださるのが何より嬉しいんです。えっと、それで、ええっと」

滅多《めった》にこんな率直で気恥ずかしい言葉を口にしないたちなので、僕は思わず言うべき言葉を見失い、口ごもってしまう。

するといつの間にテーブルを回り込んでやってきていたのか、僕に並んで立ったトラキチが、僕の肩にポンと手を置いて、助け船を出してくれる。

「旦那はね、オコモリさんにハッピーに暮らしてほしいんですよ。怖がりながら、心配しながら、クヨクヨしながら生きてるオコモリさんに用はないんです」

「ちょ……！　ちょ、トラキチ！　そうじゃなくて！」

「だって、掻い摘《つ》まめばそういうことでしょ、旦那。俺っちもそう思います。逆立ちしたってハッピーになれねえんならともかく、なれるのにならないのはつまんねえ」

どうにかトラキチを黙らせなくてはと思っていた僕は、彼の言葉にハッとした。

沖守さんの心にも、トラキチの飾らない言葉は真っ直ぐ刺さったらしい。

「ハッピーになれるのに……ならない。ハッピーに、なっていいのかしら。私、皆さんのお世話になるばかりで、何もお返しできてないのに」

そんな本音が、沖守さんの口からこぼれ落ちる。

すると猫は、こともなげにこう言った。

「オコモリさんは、なんにもしてなくても、なんかしてるっすよ」

「どういうこと？」

「自分ちに飲み食いできる店作ったでしょ。そんで、旦那を雇ったでしょ。お客さんは、ここに来て旨いもん食えて、オコモリさんや旦那とお喋《しゃべ》りして、楽しく過ごせる。旦那は、オコモリさんに貰《もら》った給料で旨い飯作って、俺っちに食わせてくれる」

「……まあ」

目を丸くする沖守さんに向かって、今度はグリルの横から、今度は猪田さんがピンと張りのある声を上げた。

「で、お店でうちのパンを使ってくれはるんで、うちの店が儲《もう》かる。うちの店の名前を出してくれはるんで、『山猫軒』のお客さんが、今度は直でうちの店に来てくれはる。俺が宮司やって知って、面白がって叶木神社にも足を向けてくれはる人もいてます。ほんま、お世話になってます」

「その儲かった金で、俺、給料貰ってる。マジでみんな、世話になってるっすね」

最後の一言は、トングを操って丁寧《ていねい》に炭火を整えている鳥谷君の言葉だ。

何だか、いいところをまるっと他の三人に持っていかれてしまった気がするけれど、一方で、僕自身ではとても伝えきれないメッセージを周りに言ってもらえたのは確かだ。

僕は、ゴホンと咳払《せきばら》いして、せめて最後を締めくくるべく、思いきって再び口を開いた。

「沖守さんは、僕を含め、みんなをハッピーにしてくれています。だから、沖守さんもハッピーでいてほしいです。無理矢理そうなれっていうんじゃなくて……沖守さんがそういう気分になれるように、お手伝いしたいです。させてほしいんです」

しばらく黙っていた沖守さんの顔に、ゆっくりと、元気なときの彼女が見せてくれる、柔らかで温かな微笑《ほほえ》みが広がっていく。

「皆さんのお気持ち、ありがたく、十二分にいただきました」

そう言って僕たちの顔をぐるっと見回し、軽く頭を下げた沖守さんは、顔を上げてこう続けた。

「このお婆《ばあ》さんにも、まだ生きていていい理由があるみたいね。ポンコツになった身体《からだ》に鞭打《むちう》って楽しく頑張る値打ちはあるし、そのためのお手伝いをお願いする我《わ》が儘《まま》を許されそうな気がしてきたわ」

「許されます！」

たくまずして、僕と猪田さんと声が重なる。

「俺っちが許しまーす」

遅れて聞こえたトラキチのとぼけた台詞《せりふ》に、僕たちは沖守さんに気持ちが通じた嬉しさも手伝い、声を立てて笑った。

明るい雰囲気《ふんいき》に釣られたのか、鳥谷君すらチラッと笑みを口元に浮かべ、しかし彼は、すぐに真顔になってボソリと言った。

「火。今、めっちゃいいんで。話がまとまったんなら、とっとと焼かせてほしいっす」

この場で、常にもっとも冷静沈着なのは、実は彼かもしれない。

僕は慌てて、サイドテーブルに並べた食材のほうへ駆け寄った。

メインテーブルの上には、サラダやパンや、ちょっとしたおつまみを並べてあるけれど、主役は言うまでもなくバーベキューだ。

牛肉はそんなに量は多くはないものの奮発して美味《おい》しそうな赤身を買ったし、塩麹《しおこうじ》と蜂《はち》蜜《みつ》で漬け込んだ豚ロースも、オリーブオイルとローズマリーでマリネした鳥もも肉も、精肉店特製のジャンボソーセージも、炭火で焼けば、最高に美味しくなるはず！

僕は、肉を盛りつけた大皿を両手で持ってグリルに運び、鳥谷君がトングで肉を炭火の上に設えた網《あみ》に並べていく。

僕も野菜やガーリックブレッドを、網の端っこの空《あ》き場所に並べ、鳥谷君と協力して、バーベキューを仕上げる。

肉を網に置くたび、ジュウッという小気味いい音と共に、肉が焼ける香ばしい匂いが辺りに漂うのがたまらない。

「お外で皆さんと一緒にお食事なんて、素敵だわ。ああ、いい匂い。これこそ、生きる楽しみね。夫と息子が生きていた頃は、当たり前だと思っていた楽しみ。今は、こんなに思いがけず、こんなにありがたくて、嬉しいわ。……ひとりぼっちじゃないって感じさせてくださって、本当にありがとう」

くんくんと兎《うさぎ》のように鼻をうごめかせ、沖守さんはそんなことを言った。

ごめんなさいや申し訳ないではなく、ありがとう。

沖守さんが何度も言ってくれるありがとうが、僕にはとても嬉しい。

「肉が焼けるまでの間に、乾杯用のジュース開けましょ。お土産《みやげ》に、知り合いの酒屋お勧めの、リンゴのジュースを買《こ》うてきたんです。フランスのジュースだけに、シャンパンみたいに開けるらしいんで、しくじらんとええんですけど」

そんなことを言いながら、猪田さんは、大きなボトルを保冷袋から取り出し、大きなコルク栓《せん》を固定している針金を解き始める。

「ほんじゃ、オコモリさんの話し相手は俺っちが。やあ、いちばん責任重大な任務だなあ」

おつまみを、文字どおりつまみ食いしながら、沖守さんと他愛《たわい》ないお喋りをはじめたトラキチを、「調子いいなあ」と呆《あき》れ顔で見やりつつも、僕は心底ホッとしていた。

愛していた家族に先立たれてしまったこと、心臓に病を抱えてしまったこと、いつの間にかうんと歳《とし》を重ねてしまったこと……僕には、沖守さんの悲しさや寂しさ、やるせなさを本当の意味で理解することはできないだろう。

でも……沖守さんを好きなこと、彼女がひとりぼっちでないことは、他のみんなの力を借りて伝えることができた。それが、少しでも沖守さんの心を温めることができるなら、彼女の心をすべて理解できなくてもいいんじゃないだろうか。

わかり合えなくても、人は支え合うことはできるのだ。きっと。

「坂井さん、肉」

楽しそうに笑い合う沖守さんとトラキチを見て、じーんとしていた僕は、落ち着き払った鳥谷君の声に、ハッと我に返った。

見れば、網の上で、いかにも柔らかそうな、香ばしい焼き色がついた牛肉が、「食べ頃ですよ」と主張している。

「あっはい！　猪田さん、乾杯の準備、もういいですか？　肉が行きます！」

僕が持つ大きな丸皿に、鳥谷君が焼けた端から肉を載せていく。

猪田さんは、得意げな笑顔で、ボトルを掲げてみせた。

「ほぼ音を立てんと、上手《うま》いこと開きました！　ほな、二人ともいったんこっちへ来て、みんなで乾杯しましょか」

「はーい、じゃあ、鳥谷君も」

「はい。けど、秒で戻らんと」

あくまでも生真面目《きまじめ》な鳥谷君も、グリルを気にしながら、僕と一緒にテーブルに戻る。

「ほい、こちらでジュースを入れさしてもろたんで。皆さんグラスをどうぞ。ほな、坂井さん……」

「あ、いえ、猪田さんがこのままお願いします」

「そうですか？　そしたら僭越《せんえつ》ながら……皆さん、お互いにお世話し、お世話され、暑さに耐えてよう生きてます。お疲れさんです。乾杯！」

あまりにも実感のこもった音頭《おんど》に唱和すると、僕たちはグラスをごく軽く合わせ、ささやかだけれど、楽しいパーティを始めたのだった。


その夜、遅く。

片付けを終え、帰宅した僕とトラキチは、庭先で線香花火を楽しんでいた。

本当は沖守邸でやろうと用意していたのだけれど、どうも数年前、町内で、どこかの家が盛大に庭で花火をやり、近所から苦情が殺到した事件があったらしい。それをきっかけに、自治会から花火自粛《じしゅく》の通達が出ているそうだ。

それで、持ち帰った花火を、勿体《もったい》ないので、二人でやっているというわけだ。

「旦那《だんな》、去年の夏も思いましたけど、こいつ、辛気《しんき》くさくねえですか？」

こよりのようなカラフルな線香花火を、腕をいっぱいに伸ばして持ち、トラキチは顰《しか》めっ面《つら》でそんなことを言った。

やはり本体が猫だけに、花火はあまり得意でないらしい。線香花火くらいは平気だと口では言いつつ、パチパチという音がするたび、頬《ほお》から突き出した長い髭《ひげ》がピクンと動く。

「やっぱり苦手？　慣れたら楽しめるかと思ったんだけど。ほら、綺麗《きれい》な火花が出てる。

トラキチは、持ち方が安定してるから、玉も大きいのができて、上手《じょうず》だよね」

火を点けてしばらくするとできる、炎の丸い玉。

そこから色々な形の火花が出てきて、やがて静かに終わっていくその儚《はかな》い感じが、僕はたまらなく好きなのだ。

「俺っち、やっぱやるより見るほうがいいですね」

一本をやり終えると、残骸《ざんがい》をバケツの水に放り込み、トラキチは縁側にどすんと腰を下ろした。

「見るのは好き？」

「まあ、それなり。いちばん派手にパチパチした火花が出てるときが、いいですねえ。賑《にぎ》やかなのが、俺っち好きなんで」

「そっか。ちょうど、僕のがそんな感じだね。……賑やかといえば、今日のパーティ、楽しかったな。トラキチがうんと沖守さんを笑わせてくれて、嬉しかった。ありがとう」

お互いの顔を見ているときより、二人ともが花火に注目しているときのほうが、真面目な感謝の言葉を伝えやすい。

タンクトップに膝丈のイージーパンツというラフな服装のトラキチは、へへっと得意と照れが混じりあったような顔で笑った。

「まあ、俺っちには、ご褒美《ほうび》に好物を何か食わせてくれりゃいいです。けどまあ、旦那も、あと猪田の孫と、あとトリ男も意外と頑張ってましたね。あいつ、肉を焼くのが上手いですよ」

僕もその意見には全面的に同意した。

「ホントに！　事前の打ち合わせでも、凄《すご》くいいアイデアをいっぱい出してくれたんだ。バーベキューグリル、知り合いから借りてきてくれたりしてさ。あと、虫よけも。蚊取り線香もいいけど、キャンドルもあるっす、なんて教えてくれて。おかげで、沖守さんに褒《ほ》めてもらえたよ……ええと、何だっけ、シ……」

「シンデレラ？」

「違う、似てるけど……そう、シトロネラのお洒落《しゃれ》なキャンドル。キャンプ雑誌で、色々勉強してるんだって。真面目だよね、鳥谷君」

パチパチッ、パチッ……。

庭先にしゃがみ込んだ僕がぶら下げている線香花火は、いよいよ終わりのときを迎えている。

菊の花びらのような火花が咲いては散り、咲いては散り、少しずつ勢いを失っていく。

それをじっと見ながら、トラキチはポソリと言った。

「あいつ、ちょいと真面目すぎるなあ。もーちょい、適当になったほうがいいっすよね」

「鳥谷君のこと？　そう？　真面目に頑張ってるんだから、いいんじゃないの？」

「真面目すぎると、自分で自分を追い込みますからねえ。猪田の孫も真面目だけど、あいつは真面目なままで、色々ちゃんとやれる奴だ。真面目だけどやれねえ奴のことはわかんないかもですよ、旦那」

　猫がやけに哲学的なことを言い出したので、僕はついに力尽きた線香花火を名残《なごり》惜しく水に放ち、立ち上がった。

「よくわからないけど、猪田さんは、鳥谷君のこと、ちゃんと世話する人だと思うよ？」

「ちゃんとすりゃあ、上手くいくとは限らねえってことです。でもまあ、そんなこと言ったって、どうにもなんないっすね」

　やけに投げやりな調子でそう言うと、猫は立ち上がり、うーんと伸びをした。

「いっぱい食って、いっぱい飲んで、いっぱい喋《しゃべ》って、いっぱい笑って。オコモリさん、今夜はぐっすり寝るでしょ。そんで、朝に起きたら、クヨクヨがどっか行ってるといいですね、旦那」

　別れ際の、沖守さんの何かが吹っ切れたような明るい笑顔を思い出し、僕はしみじみと同意した。

「ホントだね。きっと、そうなる気がするよ。今日は本当にありがとう、トラキチ。明日の夕飯には、きっと、カツオのたたきを用意するからね」

「おっ、やった！　ね、旦那。帰る前にもう一本、線香花火、やってみせてくださいよ。俺っち、やっぱ旦那がやってるのを見るのがいちばんいい。景気よく、でっけえ玉を作ってください」

「いいけど、そこは運次第だからなあ」

トラキチのリクエストにお応えして、僕はまだ数本残っている線香花火を見比べた。そして、いちばん太そうなものを選んで、「頑張れ！」と励《はげ》ましてから火を点けたのだった……。

三章

猫と落ち葉の布団

「ありがたいなあ……」

研《と》ぎ終わった米をシンクで水加減しながら、ついそんな声が出てしまう。

調理台の上に置かれた、琺瑯《ほうろう》引きの小さなボウル。

そこに山盛りになっているのは、いわゆる「むき栗」だ。

勿論《もちろん》、皮付きの栗を買ってきて、水につけて固い皮をふやかして、包丁で剝《む》いたほうがフレッシュで美味《おい》しい。僕だって、職場である「山猫軒《やまねこけん》」で栗ごはんを出すときはそうする。

でも、さすがにプライベートでそれは面倒臭《めんどうくさ》すぎて、僕には無理だ。

よって、仕事帰りに立ち寄ったスーパーマーケットで、「おつとめ品」のシールがついていたむき栗を大喜びで買って帰り、これから栗ごはんを炊《た》こうとしているというわけである。

いつもどおりの米と水を入れた炊飯器《すいはんき》の内釜《うちがま》の中から、大さじ一杯だけ水を捨て、同じ量の日本酒を入れる。それから塩を、このくらいかなと思うより少し多めに。

塩がまんべんなく回るようにぐるぐるっと全体を混ぜたら、上にむき栗を散らし、あとは炊飯器にお任せだ。

栗ごはんを外で食べたり買ったりすると、いかにもご馳走《ちそう》感がある。でも、家で作ると、手順自体は簡単だし、値段も……まあ、米と栗にどれだけこだわるかで原価は大きく上下しそうだけれど、僕みたいに「ほどほど美味しければいい」派なら、完成品を買うよりはずっと安上がりになる。

「それから……と」

冷蔵庫から取りだしたのは、大根の尻尾《しっぽ》のあたり。

残っているパーツがそこしかないので、洗って皮を剝いて、おろし金でさりさりとすりおろし始める。

ちょっと味見すると、予想どおりピリリと辛《から》い。でもまあ、少し時間を置けば、マシになるだろう。

がららっ。

居間の引き戸を開けて、庭から家に入ってきたのは、トラキチである。

さっき来たばかりの彼に、僕は「収穫」を頼んでいた。

「ほい、旦那《だんな》。でかい奴を取ってこいって言われたから、これにしましたけど」

そう言って、ジャージ姿の彼が無造作《むぞうさ》に調理台に置いたのは、大ぶりのコロンとした、しかも白い茄子《なす》だ。

初夏にホームセンターで苗を見つけ、興味本位で買ってきて育ててみたら、これが予想外によく育ち、たくさんの実をつけてくれた。

もう九月も終わろうというのに、まだまだ花が咲き続けている。もうしばらくは、自宅で育てた茄子を味わうという贅沢《ぜいたく》が続けられそうで嬉しい。

何しろ米茄子《べいなす》のような大きな実だし、皮が本当に真っ白で、そのせいかどうかはわからないけれど、カメムシもつきにくいようだ。

あくが少なくて、水に晒《さら》さずにすぐ料理しても大丈夫で、しかも瑞々《みずみず》しくて美味しい。焼いても揚げても、果肉がトロンとなって僕好みなので、来年からも、この茄子は是非《ぜひ》とも育てたい、なんなら沖守《おきもり》邸のささやかなキッチンガーデンでも……と、今から早々と計画している。

「ありがと。今日はカトラリーとコップくらい出してくれたら、あとは手伝ってもらうほどのことはないよ。晩ごはんができるまで、くつろいでて」

僕がそう言うと、いつもならこれ幸いと居間でゴロゴロし始めるはずのトラキチは、台所に立ったまま、ちょっと意地の悪い顔で僕を見た。

「旦那も隅《すみ》に置けませんねえ」

「は？」

「俺っちの知らないところで、綺麗《きれい》な女の人に惚《ほ》れられてんじゃないですか？」

「はぁあ？」

思いもよらないトラキチの発言に、僕は目を剝く。

「何言ってるんだよ。残念ながら、そんな素敵な出会いのチャンスには、まったく恵まれてない」

「けど、旦那、さっき、さっき……」

「さっき、何だよ？」

まだニヤニヤと嫌な笑みを浮かべて、トラキチは庭のほうを指さした。

「塀《へい》の外に若い女がいて、家を覗《のぞ》いてたんですよ」

「それって偶然通り掛かって、何となく見てただけじゃないの？」

僕はそう言って受け流そうとしたが、トラキチはやけにきっぱりと「いやいや」と首を横に振った。

「茄子をもいでた俺っちと目が合うと、『あれー？』って顔して首を捻《ひね》ってましたからね。猫のカンは確かです。ありゃ、旦那目当てだね」

「もう、馬鹿なこと言って」

「ほら、まだいますよ、あの女。ほらほら、旦那」

居間のカーテンに身を隠すようにして、大きな掃《は》き出し窓から外を見た猫は、そう言って、僕を盛んに手招きする。

うちの塀はそう高くないので、大人なら、外から庭を覗くことは簡単にできる。でも、特に素敵な庭ではないし、家だって古くて小さい昭和の住宅なので、何一つわざわざ見たいと他人に思わせるようなものはないはずだ。

とはいえ、不審者に覗かれているとしたら、それは男性であろうと女性であろうと決して気持ちのいいことではない。一応、確認しておこうと、僕はしぶしぶ茄子をそのままにして居間へ行った。

「どこ?」

「ほら、あそこ」

カーテンの陰から手だけをニュッと出して、トラキチは通りに面した塀のほうを指さす。

「ええ? どこ……あっ」

半信半疑でそちらに目をやった僕は、思わず小さな驚きの声を上げた。いた。

確かに、コンクリート塀の向こうに、ヒョコヒョコと上下する人の頭が見えた。たぶん、伸びをして、家の中のほうまで見ようとしているのだろう。

「ホントだ。ガチで覗いてる」

「そうでございましょ？　俺っちの気のせいなんかじゃないですよ」

「うん、そこはゴメン。僕が悪かった。若い女の人みたいだね。帽子を被《かぶ》ってるから顔はよく見えないけど、女友達なんかいないから、たぶん僕の知り合いじゃないよ」

僕がそう言うと、猫は心底気の毒そうな顔つきをした。

「旦那、俺っちも悪かったです。旦那にそんな情けないことを言わせちまって」

「情けなくない！　価値観は人それぞれだから！」

日頃、別に恋人がいないことを不幸だと思ったことはないのに、こうして言葉にして言い返すと、妙にもの悲しい気持ちになるのは何故なんだろう。

それにしても、塀の向こうの女性は、明らかにこの家の中に興味があるようだ。

つばの短い帽子を目深《まぶか》に被っているので、僕には、彼女の鼻の頭から下しか見えない。

しかも、外が暗くなりかかっているので余計に見えづらく、ハッキリしているのは、オレンジ色の、とても鮮やかな服を着ていることくらいだ。

それすら殺風景《さっぷうけい》な塀に阻《はば》まれて、ワンピースなのか、ブラウスなのか、シャツなのか、詳細はさっぱりわからない。

「なんか、僕のほうを見てるみたい」

「だから言ったでございましょ、旦那目当てだって」

得意げなトラキチに、「それはないから」と反論しようとしたものの、僕は口から出かかった言葉を、危ういところで喉《のど》の奥に引き戻した。

手を、振っている。

塀の向こうで、女性が僕に向けて、大きく手を振っているのだ。

かろうじて見える唇も、明らかな笑みを形作っている。

あれ……？

「もしかして、知り合いかな」

「ほらね！」

トラキチも、ようやくカーテンから出てきて、僕の隣に立った。

「さっき、俺っちを見たときと全然違いますよ。めちゃくちゃ笑顔じゃねえですか」

人間の姿になっていても、やはり猫のほうが、暗がりでは目が利《き》くらしい。そう断言したトラキチは、「とにかく、出てやりゃどうです？　知り合いなんでしょ？」と言った。

「いや、でもまだわかんな……あああ！」

「ニャッ⁉」

僕が唐突《とうとつ》に大声を上げたものだから、すぐ横にいたトラキチは、珍しく猫っぽい声を出して軽くのけぞる。

しかし、許してほしい。本当に驚いたのだ。

僕に手を振りつつ、塀の向こうに立つ女性は、もう一方の手で、ヒョイと帽子を取った。

薄暗くても、露わになった彼女の顔を見間違えることは、僕にはできなかった。

それは……僕の、たったひとりの、妹だったのだから。

「うっそだろ……！」

僕は、瞬時に心臓がバクバクし始めるのを感じながら、玄関に向かって駆け出した。

「旦那⁉」

トラキチの声が追いかけてきたが、説明する余裕などない。

サンダルを突っかけるのももどかしく玄関の扉を開け、外に飛び出す。

古ぼけた門扉《もんぴ》を開けると、そこに立っていたのは、やはり、僕の四歳違いの妹、葉菜《はな》だった。

スレンダーなせいで背が高く見えるけれど、たぶん百六十センチくらいだろう。オレンジ色の袖《そで》がふわっと膨《ふく》らんだブラウスに、カーキ色のちょっとゆったりしたパンツがよく似合っている。それに厚底のコンバースを合わせるセンスは、ちょっぴりロックだ。

「いつぶり？　っていうか、いつ日本に⁉」

僕の口から出たのは、挨拶《あいさつ》ではなく、そんな質問だった。

葉菜は、首を傾《かし》げ、うーんと唸《うな》って、こちらも挨拶抜きで答える。

「いつぶりかな。日本に来たのは、三日前」

本当に兄と妹なのかと問われてしまいそうだが、これには理由がある。

僕と葉菜は、彼女が小学校四年生の初夏までしか一緒に暮らしていないのだ。

諸事情あって、彼女は叔母《おば》の元で暮らすことになり、叔母がアメリカに移住するときに、共に海を渡った。それきり、ずっとあちら住まいのはずだ。

ごくたまにインターネット経由でメッセージや画像のやり取りはするものの、直接会うことは滅多《めった》になく、正直、家族という実感はあまりない。

おそらく、葉菜のほうにもないだろう。

「ヒロキに前会ったのって、私の成人式のときとかじゃない？　けっこう前よね」

「そうだ、そうだったね。いきなり大きくなったなって、さすがにあのときは驚いたけど」

「あれから特に、サイズ的には大きくはなってない。アメリカにいると、油断するとすぐ太るから、気をつけてはいるの」

そう言うと、葉菜は懐かしそうに僕が暮らす家を見た。

「ホントにお祖父《じい》ちゃんとお祖母《ばあ》ちゃんの家に住んでるんだ。ヒロキが管理してるんだよね？」

「うん。お祖母ちゃんはもう施設に入っちゃってて……」

「知ってる。昨日、会ってきた」

「そうなの？　僕、全然行けてないんだ。もう誰のこともほとんどわからないし、来客が来ると心が不安定になるみたいって聞いてて」

「そそ。だから、会ってきたっていうか、廊下《ろうか》から見てきたってのが正しいかな。次、いつ帰国するかわかんないから、縁起《えんぎ》でもないけど……まあ、お別れのつもりで」

「そっか。あ、ゴメン。立ち話も何だよね。よかったら、入ってよ」

僕はそう言ったが、葉菜はちょっと躊躇《ためら》う素振りを見せた。

「お客さんが来てるんじゃないの？」

「お客さん？」

「外から見たら、知らない男の人がいたから。遊びに来てるのかなって」

「ああ、トラキチのこと」

僕はちょっと笑ってしまった。

もはや僕にとっては、トラキチと「お客さん」という言葉が、簡単には結びつかなくなってしまっているのに気づいたからだ。

「トラキチ？」

「あいつの名前。ほとんど毎日、晩ごはんを食べに来るんだ」

葉菜は、不思議そうに小首を傾げた。

「へえ。つまり、友達？」

「うん、まあ」

僕が曖昧《あいまい》に頷《うなず》いたのを、照れているのだと解釈したらしい。葉菜はからかうように笑って、「よかったねぇ」と言った。

「は？」

「ヒロキ、友達なんかいないよっていつも言うから。ロンリーに、それこそ孤独な老人って感じで暮らしてるのかと思って、ドキドキしながら来たの。でも、友達と毎日ごはん食べるとか最高じゃん。よかった。お邪魔するね」

「うん、どうぞ」

妹に暮らし向きを心配されるなんて、早くも兄貴失格だ。でもまあ、なんだかくすぐったくて、他では味わえない不思議な感覚でもある。

妹を連れて家に入ると、トラキチは興味津々《しんしん》の顔で、玄関の上がり框《かまち》に立ち、僕たちを待ち受けていた。

「旦那《だんな》！　その隅に置けない人、俺っちに早く紹介してくださいよ」

隅に置けない人というのが自分のことだと気づくなり、葉菜は盛大に噴き出す。

「何それ。私、そっちの人がむしろ、ヒロキの『隅に置けない人』なのかとちょっとだけ思ってたんだけど。そこにロマンチック要素はないの？」

「ない！　微塵《みじん》もない！」

きっぱり否定しつつ、僕は玄関で立ったまま、とりあえず二人を引き合わせた。

「僕の妹の葉菜。葉っぱと菜っぱで『はな』。ええと、こっちは僕の……まあ、友達で、ええと……」

そういえば、以前、宿帳に「猪田《いのだ》」という名字《みようじ》を書いたところ、トラキチ的にはあまり嬉しくはなさそうだった。

確かに、猫が住む叶木《かのうぎ》神社の宮司《ぐうじ》は猪田さんだけれど、猫の家族かといえばそういうわけではないので、嫌がる気持ちはわかる。

さて、どうしたものかとほんの数秒、逡巡《しゅんじゅん》したのを、勘の良いトラキチは察してくれたようだ。

「俺っち、『猫《ねこ》　トラキチ』っす」と、自分から名乗ってくれた。

「猫……トラキチ……本名？　あっ、ごめんなさい。つい。でも、滅茶苦茶《めちゃくちゃ》変わった名前だから」

「マジっす。猫でもトラキチでも、好きなように」

まだ面食らった様子の葉菜は、僕を見た。「本当だよ」と言う代わりに僕が頷くと、ようやく納得したらしい。彼女は、トラキチに視線を戻した。

「えっと、ヒロキはトラキチって呼んでるのね？　じゃ、トラキチさんで。私も葉菜でいいです」

「葉っぱと菜っぱのハナさん」

「そう。葉菜って名前、便利で。アメリカでもみんな、普通にハナって呼んでくれるの。日本語で『ハンナ』って書くあっちの名前、英語で発音すると、まんま『ハナ』だから」

「アメリカ？」

キョトンとするトラキチに、葉菜は簡単に現住所を説明した。

「うん、私、今、アメリカのイリノイ州に住んでるの。シカゴ」

「葉っぱと葉っぱの次は、四か五のシカゴっすか」

トラキチ的には大真面目《おおまじめ》なコメントだったのだが、葉菜にとっては、いい感じの冗談に聞こえたらしい。葉菜はバスケットシューズを脱ぎながら、ふふふっと笑った。

「トラキチさん、見かけによらず、おっさんギャグ言うんだ。バンドやってそうな感じなのに。じゃあ、お邪魔しまーす」

「どうぞどうぞ。お邪魔してくださいよ。俺っちの家じゃないけど」

なんだか、初対面なのに、葉菜とトラキチはやけに相性がいいようだ。僕を玄関に置き去りにして、二人は快活に喋《しゃべ》りながら茶の間のほうへと廊下を歩いていく。

「僕に会いにきたんじゃなかったのか……？」

思わずそんな愚痴《ぐち》とも嘆《なげ》きともつかない呟《つぶや》きを漏《も》らしつつ、僕も玄関の鍵《かぎ》を閉め、二人を追いかけた。


「小学校四年のとき、担任の先生と気が合わなくて、目の敵《かたき》にされるようになったの。私としてはとことん議論して溝《みぞ》を埋めたいと思ったんだけど、先生にしてみたら、ひとりで三十五人の相手をするわけじゃない？　いちいち相手なんかしてられないわけよ」

「あー、そりゃそうだ。ガキどもが全員、そんな風に詰め寄ってきたら、先生、死んじまいますよ。そりゃ、お嬢が悪い」

「でもさあ、子供なんてそんなことに気づかないじゃない？　だから、先生が全然話し合いに応じてくれずに、それどころか私をすっ飛ばして親を呼び出したことに怒っちゃって。そんで、不登校になったのよね」

「ふとうこうって何です？」

「何って、学校へ行かないことだけど？」

「ああ、サボリ」

「違います～！　ちゃんとした信条のもと、そんな不誠実な先生に教わりたくなかっただけ！」

「へえ。お嬢は、旦那の妹とは思えないくらい鉄火《てっか》ですねえ」

「……鉄火巻？　マグロ？」

「違いますよ。なかなか激しいって意味でございましょ」

「へー！　トラキチさん、落語家みたいな話し方だし、難しい言葉知ってるし、面白い」

台所で料理を仕上げながら、茶の間から聞こえてくるトラキチと葉菜の会話に、僕の頰《ほお》は自然と緩《ゆる》む。

茶の間へ通してから、葉菜はトラキチとずっと喋っている。

まるで昔からの友達のように、揃って座布団の上で胡座《あぐら》を搔《か》き、ポンポンと言葉をやりとりして、賑《にぎ》やかに笑って、とても楽しそうだ。

ふたりして、たまに僕に話を振ってくれるのは、気遣いなのか自然ななりゆきなのか。よくわからないけれど、忘れずにいてくれてありがたい。

（葉菜の笑顔とか笑い声とか、本当に久し振りだな。成人式で会ったとき、全然嬉しそうにしてなかったもんな）

葉菜が不登校になり、それを咎《とが》める両親と毎日のように大げんかをしていた頃、僕はどちらの肩を持つこともできなかった。

葉菜の気持ちはわかるけれど、どうせ一年で担任は交代するのだし、我慢して登校し、目立たないように三学期まで過ごせばいいじゃないか、こんなにことを荒立てなくてもいいじゃないか……。

そう思う一方で、こんなにハッキリ、「担任の先生がもう信用できない。だから学校には行かない」と自分の意志を口にできる娘を、どうして頭ごなしに責めるんだろう。むしろ誇らしく思って、ちゃんと話を聞いてやればいいのに……と、両親に対しても理解できない心持ちでいたのだ。

そして結局のところ、当時から学校でも家庭でも、決して大人に逆らわず、集団においては長いものにクルクルと巻かれ、積極的に意思表示をすることもなく生きていた内気な僕は、両親からも葉菜からも、「味方に引き入れたい戦力」にカウントされてはいなかった。

葉菜から頼られた記憶はないし、両親から「お兄ちゃんから何か言ってやって」と言われた覚えもない。

いつの間にか、父の妹で、帽子作家として活躍していた独身の叔母《おば》に、葉菜は預けられることに決まっていた。

あとで聞いたら、父から相談を受けた叔母が、「私はたいてい家で仕事をしているから、しばらく預かってもいいわよ。うちから新しい学校に通わせればいいじゃないの。環境が変われば落ち着くでしょうし、そうしたらきっと家が恋しくなるわよ」と提案してくれたらしい。

そんなわけで、葉菜は大きなボストンバッグにみずから荷物を詰め、「じゃあねえ！」と涙一粒零《こぼ》さず、笑顔で旅立っていった。

僕も両親も、一か月もすれば、葉菜はべそを掻いて帰ってくるだろうと高を括《くく》って送り出したのだが、葉菜はそれきり戻らなかった。

叔母はとても個性的なファッションを楽しむ人で、イタリア人かと思うほど感情表現が豊かで、そしてやっぱり気性が激しかった。たぶん、葉菜とは両親よりもよく似ていて、うんと気が合ったのだろう。

葉菜は叔母のもとで小学校を卒業し、そのまま近くの公立中学校に進学し、卒業のタイミングで、叔母について渡米してしまった。

叔母の家へ行ってすぐ、彼女の友人が自宅で開いていたピアノ教室に通い始めた葉菜は、そこで音楽の才能を見出《みいだ》され、めきめきと腕を上げていった……らしい。

結局、葉菜は音楽の道に進むことになった。

僕の家族は、誰も楽器をやらないし、特に音楽好きでも芸術肌でもないから、叔母のところへ行かなければ、そんな進路を選ぶこともなかっただろう。

(面白いもんだな、人生って)

そんなことを思っていたら、ふいにすぐ後から葉菜の声がして、僕は菜箸《さいばし》を持ったままビクッとした。

「もうできる？　なんか手伝う？」

「うわ、ビックリした」

「ごめん、トラキチさん面白いから、つい話に夢中になっちゃって。いい匂《にお》い。お腹空《す》いてきちゃった」

「もうじきできるよ。特に手伝ってもらうほどのことはないんだ」

「そ？　っていうか、急に私が頭数に入っちゃって、大丈夫だった？　おかずとか、足りる？」

「心配ないよ。まさか、兄の職業を忘れたわけじゃないだろ？」

揚げ油から、素揚げにした茄子《なす》を菜箸でバットに引き上げながらそう言うと、葉菜は「当たり前でしょ」と腰に手を当てた。

「人生の大半、兄妹としての付き合いはなかったけど、そのくらいはちゃんと知ってる。お弁当のメニュー考える人から、カフェの店長に転職した。合ってる？」

僕は笑って頷《うなず》いた。

「合ってる。そっちは、ピアノ専攻でアメリカの音大に入ったけど、在学中に指揮に目覚めて、オーケストラの指揮者目指して頑張ってる。合ってる？」

「合ってる！　しかも今回は、スペシャルな追加情報があります」

「追加情報？」

今度は軽く小麦粉をはたきつけた鶏肉を油に入れながら僕がオウム返しにすると、葉菜は得意そうに胸を張った。

「そ！　去年、指揮のコンクールでけっこういい成績を取ってね」

「指揮にコンクールってあるんだ？」

「えー、そこから？　でもまあ、そうか。あるのよ。立派なオーケストラを指揮させてもらえるから、コンクール自体が貴重な経験なの」

「へえ……。凄《すご》いな。あ、ごめん。それで？」

先を促すと、葉菜は、僕にはあまり似ているところがない、むしろ彼女の育ての親ともいえる叔母そっくりの開けっぴろげな笑顔で言った。

「で、コンクール上位入賞のご褒美《ほうび》的なことで、でっかいオーケストラの、指揮者のアシスタントをやらせてもらってるの」

「アシスタント？　つまり、助手ってこと？」

「んー、助手っていうか、見習いっていうか、弟子っていうか、まあそんな感じ」

「それって、凄いんだよね、きっと？」

僕がおそるおそるそう言うと、葉菜はカラリと笑った。

「そうね。今の私の実力を考えれば、うんと上等。でも、ずっとのお仕事じゃないのよね。与えられた期間は二年なの。その間にある程度の評価を得ないと、先はないってわけ」

「たった二年で勝負か。厳しい世界だなあ」

思わずそんな感想が漏れた。でも、トラキチのほうは、違う感想を抱いたようだ。

「二年もありゃ、色々できて楽しみっすね！」

最後に台所にやって来てそんなことを言った彼に、葉菜はたちまち目を輝かせた。

「そう！　もう、何もかもがチャレンジで、何もかもが苦しみで楽しみ！」

ああ、そういう解釈もあるのか。

僕は、トラキチと葉菜の言葉に胸を打たれた。というか、単純にショックだった。

二年あれば色々できる。

本当にそうだ。そういうふうに考えて、限られた時間で全力を尽くそうと思える人間こそが、みずから道を切り開けるタイプなのかもしれない。

「楽しみか。そうだね、僕はクラシック音楽のことは全然わからないけど、葉菜ならかっこいい指揮者になりそうだ」

「今だってかっこいいわよ！　でも、そうね。首席指揮者になった私の滅茶苦茶《めちゃくちゃ》いけてるタキシード姿、いつかきっと見せてあげるから！」

迷いなく宣言する葉菜の誇らしげな表情はとても眩《まぶ》しくて、いくらまったく違う環境で育ったといっても、兄妹でこうも違うものだろうかと不思議に思われるほどだ。

「それは凄く楽しみだな」

僕はそう言いながら、揚げた鶏肉と色々な野菜をそれぞれの皿に吹き寄せのように盛りつけ、上から出汁《だし》を効かせ、大根おろしを混ぜた和風甘酢あんをとろりとかけまわした。

本当は、栗ご飯とちりめんじゃこの大根おろし添え、それに茄子田楽《でんがく》で済ませるするつもりだったけれど、せっかく葉菜が訪ねてくれたので、少し華やかな食卓にしたかったのだ。

そこで冷凍庫にあった鶏もも肉を小さく切って、茄子、にんじん、サツマイモ、レンコン、ごぼうと共にカラッと揚げて組み合わせたメイン料理を用意した。

「うわあ、ご馳走《ちそう》！　日本に帰ってきた～って感じがするわ」

いつもはトラキチと二人で使っている卓袱台《ちゃぶだい》を三人で囲んでいるので、少しばかり手狭な感じがするけれど、それもまた賑《にぎ》やかでいい。

いただきますの挨拶《あいさつ》もそこそこに主菜に箸をつけた葉菜は、まるで食レポ中の芸能人のように「ん～～！」と言ってから、「嬉しいなあ」と続けた。

僕は、「嬉しい」という言葉を不思議に思って葉菜に問いかけた。

「嬉しい？　口に合ったってこと？」

「合いすぎ。バッチリ。っていうか、ヒロキの手料理を食べるのは初めてだから、すっごく嬉しいってのが一つ。もう一つは、アメリカでは、こういう繊細《せんさい》な料理は家庭どころか店でもなかなか出てこないから嬉しい」

「ああ、なるほど。確かに、僕が作った料理を食べてもらうチャンスはこれまでなかったもんな」

「そうだよ。帰国してから、何を食べても美味《おい》しい！　って感動してたんだけど、今日のこのおかずがぶっちぎり第一位よ」

「さすがに、それは大袈裟《おおげさ》だよ」

僕は盛大に照れたが、トラキチはきっぱり僕の言葉を否定した。

「大袈裟じゃありませんよ。旦那《だんな》の料理は、毎日旨《うま》いっす」

「こんなの毎日食べてるトラキチさんが羨《うらや》ましい。ヒロキはもっと自分のやることに自信を持って。僕なんて大したことありません、なんて言ってたら、アメリカじゃ野垂《のた》れ死《じ》にするわよ」

「うう……だって、あり合わせなのに、そんなに褒《ほ》められたら、恐縮するよ」

「何言ってんの。あり合わせで作れるってのが凄いんじゃない」

こちらも僕に謙遜《けんそん》を許さず、葉菜はぱくぱくと料理を平らげていく。

僕はようやく落ち着いて、彼女の顔をまじまじと見た。

前回、彼女が成人式に合わせて帰国したときは、実家近くの美容院でヘアメイクと振袖《そで》の着付けをしてもらっていたから、すべてが日本式だった。でも今日は、ずいぶんとしっかりしたメイクだ。

特に目元は、眉《まゆ》とアイラインをくっきりと引いているので、とても意志が強そうに見える。マスカラもバッチリつけている。

成人式の会食のときは、葉菜がずっと苦虫《にがむし》を嚙《か》み潰したような顔をしていたので、上品な飲食店で、両親と昔のような言い争いが勃発《ぼっぱつ》したらどうしようとハラハラしっぱなしだった。正直、メニューも味もまったく記憶に残っていない。

思わず、「前に会ったときは、どうしてあんなに不機嫌だったんだよ？」と問わずにはいられなかった僕に、葉菜はあっけらかんと答えた。

「帯がきつくて」

「帯？　ああ、振り袖の！」

「そ。何もあんなに締めつけることないわよね。たぶん、着付けがあんまり上手《じょうず》じゃなかったのと、私が着物を着るのに慣れてないの、両方が理由だったんだと思うけど、息をするのも苦しくて、食事を楽しむどころじゃなかったのよ」

葉菜は当時のことを思い出したのか、自分のみぞおちあたりを両手で押さえて、大袈裟に顔をしかめてみせる。

「なんだ、そんな理由だったのか。家族に会うのが未だにそんなに苦痛なのかと。アメリカにとんぼ返りしちゃったしさ」

「まさか。とんぼ返りは、学校の行事があったから。お父さんとお母さんのことは、考え方があまりにも違うから別れて暮らすことにしただけで、別に嫌いなわけじゃないわよ。っていうか、嫌いにならないように、叔母《おば》さんちに行ったんだし」

そんなことを考えて行動する小学四年生、僕には信じられないけれど、大人が思うほど、子供は子供ではない場合がある、ということなのだろう。

「それもそうか。ああ、叔母さんは元気？　今回はどうして帰国したの？　仕事関係？」

本当はもっと先に訊ねるべきことばかりだけれど、突然の訪問に心が乱れたままだったし、とにかくトラキチと葉菜の話が弾んでいて、割って入る余地がなかった。

葉菜のほうも、それを最初に話すべきだったと気づいたのか、「あ、ゴメン」と軽やかに詫《わ》びてから説明してくれた。

「叔母さんは元気！　相変わらず色んな帽子を作りまくってる。最近は、ハリウッド俳優にも顧客《こきやく》が何人もいるんだよ」

「すっごいな！」

「それを目指してアメリカへ行ったから、夢を叶えたわけよね。私にとっては、育ての親であり、永遠の憧れの人！　今回の帰国の理由は、ピアノ教室の先生に、指揮者のオタマジャクシとして頑張ってるって報告に行くのがひとつ……」

「卵じゃないんだ？」

「卵からはとりあえず孵《かえ》った感じだから」

「なるほど。あ、遮《さえぎ》って悪い、続きをどうぞ」

僕が片手をスッと出すと、葉菜は小さく頷《うなず》いて、再び口を開いた。

「あと、友達と家族にはもうひとつ報告があって。私、結婚したの」

僕はビックリして軽くのけぞった。

「そうなの？　あ、お、おめでとうございます」

「ありがとうございます」

とても兄妹とは思えない他人行儀《たにんぎょうぎ》な挨拶を交わす僕たちに、トラキチは面白そうに笑って、「めでたいっすね」と言葉を添えた。

「トラキチさんも、ありがとうございます」

「どんな人っすか？　人間っすよね？」

トラキチの無遠慮《ぶえんりょ》な、しかしあまりにも素朴《そぼく》な質問に、葉菜はたちまち噴き出した。

「そこから⁉」

「僕が遠慮してまだ訊いてないことを、お前は～」

「だって旦那、いつまでも遠慮してそうですからね。俺っちが代わりに勇気を振り絞《しぼ》ってあげましたよ」

咎《とが》めるつもりがサラリとやり込められ、しかもそれは確かにそのとおりなので、僕は「ありがとう！」とやけっぱちのお礼を言う。

葉菜は笑顔でちょっと照れ臭《くさ》そうに、お相手のことを教えてくれた。

「夫は五歳年上でね。精密機器の設計が仕事なんだけど、趣味がフルートで、音楽が縁で知り合ったの。趣味っていっても、地元のちっちゃな楽団にヘルプで呼ばれるくらい、かなりの腕前」

「へえ、凄いね。その人も、一緒に来日したの？」

「ううん、今回は仕事の都合がつかなくて、私だけ。でも、いつかは必ずって言ってるから、そのときは会ってやってね」

「喜んで！」

「俺っちも喜んで！」

僕とトラキチが揃って返事をすると、葉菜は、ほぼ空《から》っぽになった自分の皿を見下ろして、悪戯《いたずら》っぽく笑った。

「そのときは、ヒロキの手料理でホームパーティを開いてもらおうかな！　もっと色々、ヒロキの作る料理が食べてみたい！」

「ええっ、僕？　いや、前もって言ってもらえたら、精いっぱい頑張るけど」

そう答えた僕に、葉菜は少し驚いた様子で、でも嬉しそうに言った。

「おっ。そんな風に言ってくれるようになったんだね。昔は、何でも全力で尻込みしてたじゃん？」

葉菜のそんな指摘に、僕は苦笑いで頭を掻《か》いた。

「大昔の話だろ。っていうか、料理人は基本、裏方仕事だからさ。それなら何とかなる。表に出るのは、今でも苦手」

「そっか。でも、ヒロキ自身が表に出るのが苦手なら、出なくて別にいいんじゃない？」

「いいのかな？」

戸惑う僕に、葉菜はきっぱりと頷いた。

「その代わりに、ヒロキの作った料理を表に出せてるじゃん。その料理が褒められたってことは、ヒロキが褒められた、認められたってことだから。それでヒロキが満足なら、何も問題ないよ」

「なる、ほど」

「オケも同じ。大っぴらに名前が出るのは、指揮者とコンマス……コンサートマスターと、それぞれの楽器の首席奏者くらいだけど、音楽は、関わったみんなで作るものでしょ。他の奏者も、楽器と会場を整えてくれたスタッフも、みんな。名前が出なくても、その日の演奏が褒められたら、自分も褒められたって感じられる」

「ああ……それはそうだよね」

「それでいいと思う人もいれば、いつかは自分の名前を世に出してみせるって思う人もいる。それぞれで全然いいんだと思う。ただ指揮者は、その日の演奏のすべてに責任を持つ立場だから、どうしたって名前は出るんだけどね。みんなを背負って、褒め言葉も罵声《ばせい》も的外《まとはず》れな批評も、全部を引き受ける仕事なの」

「怖い立場だね」

真顔でそう言った葉菜は、僕のコメントに、たちまち笑顔に戻る。

「怖いよ！　怖いし、苦しいし、音楽以外の……人種とか性別とか年齢とかで理不尽なこともいっぱい言われるし、でも、やり甲斐《がい》がある。だから、負けてらんない。超高い山に挑む人たちって、こういう気持ちなのかなっていつも思うんだ」

僕は、葉菜の言葉を噛《か》みしめるようにしながら、心に迎え入れた。

華やかで、闊達《かったつ》で、物怖《ものお》じしない葉菜も、異国であるアメリカで、色々とつらい、納得いかない、悔しい経験をしてきたのだろう。

明るい声で語られる言葉の奥底に、そうした負の経験や挫折《ざせつ》が滲《にじ》んでいるように思われる。たくさんの山や波を乗り越えてきたという自負が、彼女を今のように生き生きと輝かせているのだろう。

「葉菜、来てくれてありがとう。何て言うか、会えて、直接話せてよかったな」

実感のこもった僕の言葉に、葉菜も同意してくれた。

「ホントそれ。インターネットのおかげで、離れてても話せる便利な世の中ではあるけど、会って、喋《しゃべ》って、同じもの食べてって、凄《すご》くいいもんだなって感じてたところ。それでさ、ヒロキ」

「ん？」

「あと五日、日本に滞在予定だから、そのあいだに友達に会ったり、お母さんの希望で、ウェディングドレス姿の写真を撮りに行ったりするんだけど」

「ドレス？」

「ほら、式を挙げないって言ったら、お父さんもお母さんもガッカリしちゃって」

「あーあー。それで、わざわざドレス姿の撮影を」

「うん、面白がって、独身の友達が何人か付き合ってくれるって。みんな花嫁姿で集合写真が撮れそう」

「それは楽しそうだな」

「絶対楽しいと思う。せっかく帰国したんだから、全部楽しまなきゃね」

　そう言ってから、葉菜は僕の顔をじっと見た。

「それでね、まあ、人生の大半、別々に暮らしていたわけだけど、お金のこととか、色々と両親も裏で援助してくれてたわけだし、結婚っていうでっかい節目に一発、お礼を……と思って」

「うん?」

「明日から一泊二日、ちょこっと温泉旅行に連れていくことにしたの。ちょうど週末だし」

「ああ、それはいいアイデアだね。きっと喜ぶだろ」

「なんかまだ色々ぎこちないけど、一応、一昨日から実家に泊まってるから、お父さんともお母さんとも、少しずつ打ち解けてきたかな。でね、ヒロキも一緒に旅行、どう? ご招待するわよ」

そう言われて、僕は思いっきり面食らってしまった。その表情で、僕の心の内を悟ったのだろう。葉菜は、特に気分を害した様子もなく、「やっぱ気乗りしない?」と問いかけてきた。

僕は、モソリと頷く。

「申し訳ないけど。親と話すと、だいたいろくでもないことになるから。わかるだろ」

すると葉菜は、「あー、了解」とあっさり受け入れてくれた。

「いいよ、急な話だし、無理強《むりじ》いなんかしたくないもん。ああ、でも、なんか嬉しいな。

断られたのに変だけど」

　思いがけない葉菜のリアクションに、僕はますます困惑してしまう。黙って兄妹のやり取りを聞いていたトラキチも、我慢出来ずに会話に入ってきた。

「断られて嬉しいって何すか？　もっと強引に、こう、ぐいぐいいけば、旦那《だんな》なら折れてくれますよ、きっと」

「こら、勝手に決めるなよ！　でも、確かに、どうして嬉しそうなの？」

　そう訊ねると、葉菜はこう答えた。

「だって。昔のヒロキだったら、嫌だなあ、気が進まないなあ、とか思っても、言い出す勇気がなくて、きっと来たでしょ。そんで、嫌なこと言われたり、お説教されたりしても、ぼんやりした笑顔で聞き流して、でも全然流せてなくて、あとで落ち込んだりしてたでしょ。私の成人式んとき、そうだったじゃん。他のときも同じでしょ？」

「気づいてたんだ」

「そりゃ気づくわよ、これでも妹なんだから。一緒に暮らしてた子供の頃だって、一事が万事、そんな感じだったじゃない。正直、すっごくウジウジした奴だと思ってた」

「……返す言葉もないね」

「でも、今は嫌なことは嫌ってちゃんと言えるようになってるじゃん。行きたくない、会いたくない、詮索《せんさく》されたくない。上等よ！」

「葉菜ほど、元気よく拒否できないけどね」

「スタイルは人それぞれでいいの！　大事なのは、アクションを起こせることだから。うん、私の兄貴は、ちゃんと思ったことを言えて、お料理上手《じょうず》で、トラキチさんみたいな面白い友達がいて、さっき聞かせてくれた……えっと、オコモリさん？」

「お前までトラキチと同じ間違いをするなって。沖守さんだよ！」

「それそれ、オキモリさんっていう、素敵な人のもとで働いてる。安心した。ヒロキはもう大丈夫」

「……それは大袈裟《おおげさ》だよ。特に大丈夫じゃない」

「ヒロキが大丈夫じゃなくても、助けてくれる誰かがいれば大丈夫なの。これからは、すぐには駆けつけるのは残念ながら無理だけど、私も助けるから。私のことも助けてね！お互い、できる範囲で」

そんな、力強くも現実的な言葉を残して、腹を満たした葉菜は、疾風のように去っていった。

急に静かになった家の中で、シンク前に並んで洗い物をしながら、トラキチは楽しそうに言った。

「お嬢、面白い人っすね。俺っちは好きですよ、ああいう人」

洗い上げた皿を、布巾を持って待ち受けるトラキチに渡しながら、僕も同意する。

「僕も好きだよ。僕はつい、変化をもたらすことを避けちゃう不甲斐ない兄貴だけど、葉菜のほうから、垣根をぶち破って話しに来てくれて、本当によかった」

「確かに。旦那はちょっと恐がりですからねえ」

そう言って笑うトラキチに、僕は改めてお礼を言った。

「妹とたくさん喋ってくれてありがとう。凄く楽しそうにしてた。僕と二人きりじゃ、あんなに話が弾まなかったと思う。トラキチがいてくれてよかったよ」

するとトラキチはちょっと照れ臭《くさ》そうに、片手でゴシゴシと頰《ほお》を擦った。

妹がいるあいだはずっとしまい込んでいたヒゲが、ほっぺたからつんつんと飛び出しているのが面白い。

トラキチは、拭き終えた食器を棚《たな》に戻しながら、少し声を張り上げて僕に問いかけてきた。

「けど、旦那。行かなくていいんですかい?」

そう問われて、僕は首を傾《かし》げた。

「どこに?」

「その、お嬢に誘われた旅行」

「ああ、そのこと。いいんだよ。おめでとうは、妹に直接言えたし。たぶん、僕が断るのを見越して、家まで来てくれたんだと思う。結婚祝いは、そのうち見繕《みつくろ》ってアメリカの家へ送るし。何がいいかは、沖守さんに相談してみようかな」

僕がそう言うと、トラキチは首を捻《ひね》った。

「そういうもんなんですかね。ほんとは来てほしそうでしたけどね、お嬢」

「僕はそう思わなかったけど」

「ですかね。人間のことは、俺っちやっぱり、よくわかんねえな」

いくぶん納得いかない様子ではあったけれど、トラキチはそれきり、旅行の話はしなかった。そして、「今夜はこれから、地域の猫の集会があるんで」と、大きな猫の姿に戻り、家を出ていった……。

しかし、トラキチは翌日、珍しく昼前に我が家を訪れた。

猫の姿で、しかも、鼻筋に一目でわかる線状の傷がついている。

土曜で仕事は休みだし、たまには庭の手入れを……と、古い熊手を使ってせっせと集めていた落ち葉の山の上に、トラキチはいきなりドーンと倒れ込んだ。疲労困憊《ひろうこんぱい》の体《てい》だ。

「あっ、こら！　これから落ち葉をポリ袋に詰めて、腐葉土《ふようど》を作ろうと思ってるんだから、散らかしちゃダメだぞ！　っていうか、その傷、どうしたんだよ」

僕は熊手を置き、トラキチの前にしゃがみ込んだ。

大きな灰色の猫の姿であるトラキチは、ショボショボした目で僕を見る。

『落ち葉の布団は、秋の野良猫には贅沢《ぜいたく》な寝床なんですよ、旦那。気前よく楽しませてください』

庭には僕しかいないので、トラキチは猫の姿のままで、器用に口を動かし、いつものように人間の言葉を話す。

「お前は野良猫じゃないだろ。神社の猫じゃないか。っていうか、マジでその傷は何？」

『昨夜の猫集会が荒れましてね。普段から仲が悪い奴らが取っ組み合いになりまして』

「ありゃ」

『俺っち、こう見えて長老なんで、仲裁《ちゅうさい》に入ったんですけど、二匹とも頭に血が上っちまってたもんで、こう、とばっちりでザシュッと』

「名誉の負傷だね」

『そうそう。まあ、大先輩に怪我させたってんで、揉《も》めてた奴らもたちまち頭が冷えて、結果オーライってことで』

喋《しゃべ》っている間も、トラキチは落ち葉の「布団」の上に横たわったままだった。

僕はちょっと心配になって、彼の身体をそっと撫《な》でてみた。天鵞絨《ビロード》のような毛皮の手触りは、相変わらず健在だ。

最近は、猪田さんがブラッシングしてくれるそうで、毛艶《けづや》も前よりずっとよくなったように見える。

気持ちよさそうに撫でられながら、猫は口元を緩《ゆる》めた。

『なんです、労《いたわ》りですかい？』

「他に怪我はないかと思って。凄《すご》くくたびれてるように見えるし、心配だよ。大丈夫？」

すると猫は、特大の溜め息をついた。

『疲れますとも。集会が終わったのが夜明け前。くたびれてお社《やしろ》で寝てたら、朝飯を持ってきた猪田の孫が、俺っちの鼻の傷に気づいちまいましてね。嫌がる俺っちを追いかけ回して、とっ捕まえて、くっさい薬をベタベタ塗りつけてきて……』

大柄な猪田さんが、狭い境内《けいだい》で猫を追いかけ回す姿を想像して、僕は思わず笑い出す。

猫は、恨めしげそんな僕を睨《にら》んだ。ご丁寧《ていねい》に、なあー、と不満げな鳴き声まで上げ、長い尻尾《しっぽ》でビタンビタンと僕の手を打つ。

『笑いごとじゃねえですよ。そっからも、お参りに来る人たちがみんな、俺っちを見て、その怪我はどうしたって騒ぐもんで、面倒臭くなって逃げてきたんです』

「なるほど。そりゃお疲れさま。でもみんな、お前が心配なんだよ。嬉しいじゃないか。それはそうと、茶の間に布団を敷こうか？　今日は好きなだけ寝ていけばいいよ。なんなら、晩ごはんまで」

僕がそう言うと、猫はうんと長くなり、大きな伸びをしたものの、起き上がる気配を見せずに答えた。

『ご親切にどうも。でも、ここでいいですよ。落ち葉の布団は、今だけの楽しみですからね。カサカサして気持ちがいいし、草とお日さんの匂《にお》いがするし』

「そういうもの？　勿論《もちろん》、それでもいいよ。とにかく、ゆっくりしていって」

僕はそう言うと、腰を上げた。

とりあえず、庭仕事はまた明日にして、トラキチを存分に寝かせてやろうと思ったのだ。

でも、熊手を片付けようとした僕に、トラキチは疲れ果てた様子で目を閉じ、こう言った。

『ほんとのほんとに、行かなくていいんですかい、旦那《だんな》？』

「はい？」

『お嬢のお誘いですよ。旦那ひとりくらい、今からでもどうにでもなるでしょうに』

「まだ旅行の話？」

僕は呆《あき》れて、再び猫の前にしゃがみ込む。外を通る人に声を聞かれたら、僕が猫相手に真剣に話しかけているようで奇妙だろうから、あくまでも小声で猫に言い返す。

「僕は行きたくないって言ったし、葉菜もわかってくれたんだから、それでいいんだよ。お前が気にする必要はないって」

しかしトラキチは、左目だけを器用に開け、秋の柔らかな陽射しに眩《まぶ》しそうにしながら僕を見た。

『なんだって、そんなに行きたくねえんです？　親のこと、嫌いじゃねえんでしょ？』

「嫌いじゃないよ、別に。でも、色々とさ」

『色々、なんです？』

あまりにもトラキチが追及してくるので、僕はやむなく正直に答えた。

「たまに連絡すると、必ず物凄く心配されて、せっつかれるんだ。早くどこかの会社の正社員として再就職しろ、合コンに行け、ってね。何なら見合いを知り合いに頼んでもいいから、そのためにも手堅い職に就《つ》け、身なりを整えろ、何か流行《はや》りの趣味を持て」

『おっと。そいつぁなかなか辛辣《しんらつ》だ』

「だろ。つまり、仕事のことと結婚のことばっかり言われる。今の自分を、ほぼ全否定される。凄く息苦しいんだ。きっぱり反論できたり撥《は》ねつけられたりできたらいいんだろうけど、僕、そこまで自分自身や生き方に自信はないし」

『あ〜』

「直接会って、しかも葉菜が結婚したとなると、旅行の間じゅう、今まで以上にそんな話に終始しそうだろ？　ちょっと無理。それこそ葉菜が言ってたみたいに、嫌いになりたくないから距離を置きたいって感じ」

『なるほどねえ』

トラキチは、わかったようなわからないようなとぼけた口調で返事をして、乾いた落ち葉の感触を楽しむように、前脚を動かした。

落ち葉の山が、乾いた音を立ててほんの少しだけ崩れる。

「わかってくれた？」

僕が訊ねると、トラキチは再び目を閉じ、『わかりましたけどね、旦那』となおも言った。

「けど、何？」

まだ食い下がるつもりかと、ほんの少し苛《いら》ついた返事をしてしまった僕に、トラキチはやけにサラリとした調子でこう言った。

『人間は、すぐ死にますよ』

彼があまりにもさりげなく告げた、でもこれ以上ないほどストレートな事実に、僕はギョッとしてしまう。

「えっ？」

今度は、トラキチの金色の両目が、ごくごく細く開く。

『旦那とお嬢の間で話がついてることに、俺っちがとやかく言うつもりはねえです。オコモリさんみたいに、死にそうで、なっかなか死なない人もいますからね。けど、うんと元気で、うんと長生きするって自分も周りも思ってたのに、建ちかけのビルからトンカチが落ちてきて、それが頭に当たって死んだ奴を知ってます』

「……う、うん」

『死ぬ予定もないのに、何の前触れもなく、いきなり死ぬ奴もいるんです。旦那の親がそうかもしれねえ。旦那か、お嬢がそうかもしれねえ。次が必ずあるとは思わねえことです。あ、余計なこと言っちまった。昨夜、若いのに説教したせいで、ガミガミモードになっちまいましたかね』

「ガミガミモード！　トラキチにも、そんなモードが実装されてたのか」

思わず噴き出しながらも、僕は彼の言葉の重さを痛感していた。

人間に化けたときの見た目が、僕と同い年か少し若いくらいなので、つい同年代感覚で話してしまうけれど、本当は、彼は僕なんかよりずっと長い年月を生きて、たくさんの人間たちの暮らしを見てきたのだ。

いったいこれまで、トラキチはどれほどの数の「顔見知り」を見送ってきたのだろうか。たぶん、彼より先に死ぬであろう僕と、どんな気持ちで付き合ってくれているのだろう。どれほどの想いを込めて、今、人の死について語ってくれているのだろう。

(せっかく葉菜が作ってくれようとした家族の時間を、本当にパスしてしまっていいのか？　もしかすると、こんなチャンスは二度と訪れないかもしれないのに)

話したいことはもうないとばかりに、落ち葉の上でいかにも猫らしく丸くなり、再び目を閉じてしまったトラキチを見ながら、僕は自問自答した。

でも、やはり……。

僕は、しばらく考えてから、寝ているのか起きているのかわからないトラキチに向かって、呼びかけた。

「トラキチ。僕のためにガミガミモードになってくれたのは嬉しいけど、やっぱり行く気にはなれない。ちょっと、急すぎて心の準備が間に合わないっていうか」

すると、目を閉じたままのトラキチは、尻尾をユラユラさせて、落ち葉を散らかしながらボソリと言った。

『旦那の好きにすりゃいいですよ』

「うん、でも、トラキチの話にも一理あるし、僕のために言ってくれたことが嬉しい。あと、ちょっと待って」

僕は、スマートホンを取り、「今、電話していい？」というメッセージをまず、葉菜に送ってみた。

すると、三十秒と経たないうちに、彼女のほうから電話がかかってきた。

『もしもし？　何かあった？』

「あ、いや。電話、こっちからするつもりだったんだけど。掛け直そうか？」

『そういう日本っぽいやりとり、めんどくさいから！　ちょうど、電車を降りたところだったの。タイミングよかった。お父さんとお母さんも一緒だよ。今から、お迎えのバスで旅館に行って、まず荷物を預けてから近くで観光しようかって。で、何？』

「その、まさに旅行の話」

『ああ、それ。今からでも一緒に来る気になった？』

そう訊ねてはくれたものの、スピーカーごしに聞く葉菜の声には、特に期待がこもっているようには思えない。彼女は、僕のことをかなり高い解像度で理解しているようだ。

「ううん、それはないけど」

『だよね？　じゃあ、何？』

僕は、聞き耳を立てているトラキチをチラと見てから、こう切り出した。

「夕食のときにでもさ、ビデオ通話でみんなと話せないかなって」

トラキチが、頭だけぴょいと持ち上げ、目をまん丸にする。

数秒の沈黙があって、明るい声がスピーカーから聞こえてきた。

『オッケー！　つまり、会食に遠隔参加ね？』

「うん。行く決心はつかないけど、お祝いの気持ちだけはそっちに送りたい、みんなと共有したいって気がして。……あの、勝手を言ってゴメン」

僕が謝ると、葉菜はすぐに言葉を返してくれた。

『そういう勝手は大歓迎だってば。そう思ってくれて嬉しい。この旅行、私が好きに決めたんだから、ヒロキだって、好きに行動していいの。謝るのはおかしいんだよ？』

「そ……そうかな」

『そうだよ。家族からイチ抜けした私が、家族は一丸となるべきなんて、言えるわけないじゃん。言うつもりもないし。だけどディナーのとき、ヒロキが遠隔でも一緒にいてくれようとしてくれる気持ち、すっごく嬉しい。ありがとう』

「お礼を言うのは、僕のほうだよ。じゃあ、だいたいの時間が決まったら、教えてくれる？　たぶん、宿に着いてから食事の時間を決める段取りだよね？」

『うん、きっとそう。決まったら、すぐ知らせるね。きっと、お父さんとお母さんも喜ぶよ』

「そうだといいな。……じゃ、またあとで」

『うん、あとでね！』

弾んだ声を残して、葉菜のほうから、通話は終了された。

僕は、スマートホンの電源を切り、「そういうこと」と、トラキチに告げた。

『なるほどぉ、ビデオ通話ってのは、前に旦那が、トリ男とやってたやつですね？』

「そうそう、鳥谷《とりたに》君ね。沖守邸でのバーベキューパーティの相談をするとき、やってたアレ。……正直、ビデオ通話でも緊張するけど、やっておかないと、次に家族で会う機会があっても、また避けちゃう気がするから。まずは一歩からって感じで頑張ってみるよ」

『そうっすか。俺っち、昼寝をいっぱいするんで、晩飯は遅くなってもいいですよ』

そんなトラキチの何げない気遣いが、しみじみと嬉しい。

「うん、場合によっては、少し遅くさせてもらうかも。じゃあ、落ち葉の布団で昼寝、楽しんで」

そう言い置いて、今度こそ家に入ろうとした僕の背中から、猫は静かに呼びかけてきた。

『旦那』

静かな声の調子からして、長話をするつもりはなさそうだ。僕は、縁側に上がろうとしたところで、軽く振り向いた。

「ん?」

東照宮《とうしょうぐう》の「眠り猫」のようなポーズのトラキチは、目をつぶったまま、口だけをもごもごと動かしてこう言った。

『旦那の親は、今の旦那を全否定かもしれませんけど、俺っち、今の旦那がけっこう好きですよ』

じわ、と胸に何か温かなものが滲《にじ》み出てくる。

本当に、優しい奴なのだ。

なるほど、葉菜は正しい。助けてくれる誰かがいれば、僕は大丈夫になる。

「ありがとう。僕も、今の自分のこと、実は、史上最高に好きなんだ」

『気が合いますね』

「ほんとだね。……ありがとう」

どういたしまして、と言う代わりに、トラキチは尻尾《しっぽ》を一度だけ、大きく上下させてみせる。

「あんまり、落ち葉を散らかさないでくれよな」

照れ隠しにそんな小言《こごと》を残し、さて、夜のビデオ通話をどんな風に始めようかと早くもあれこれシミュレーションしながら、僕は猫の安らかな休息を妨げないよう、静かに家の中へと引き上げた……。

四章

猫と節分の鬼

広げた新聞紙の上に、ふわっとした雲のような短い毛の塊《かたまり》が、どんどん積み上がっていく。

僕の目の前には、なが〜く伸びて寝そべる、猫の姿のトラキチがいる。

それは、一月もそろそろ終わりのある夜のことだった。

僕は、いつものように午後六時過ぎ、猫の姿でやってきたトラキチの灰色の毛皮に、ブラシをかけてやっていた。

トラキチのブラッシングは、叶木《かのうぎ》神社の宮司《ぐうじ》である猪田《いのだ》さんの仕事なのだが、何しろ、地元で親しまれている神社なので、初詣《はつもうで》には多くの参拝客が詰めかける。

お守りや絵馬、おみくじといったいわゆる「神社グッズ」の用意だけでなく、三箇日《さんがにち》だけはアルバイトの巫女《みこ》さんを雇うため、その教育にもけっこう時間を要するらしい。

いつもはおっとりしている彼が、珍しく青い顔で「大変ですわ」とこぼすほどだった。

それに加えて、「パン屋サングリエ」店主として、年末は正月用の食パンを馴染《なじ》み客のために予約販売しているので、その頃の彼の毎日は、目が回るほどの多忙ぶりだった。

今は鳥谷《とりたに》君がいるとはいえ、彼もまだまだ猪田さんの指導が必要な身の上だ。結局、両方の職場で、猪田さんは大車輪の働きを見せることになる。

そのため、トラキチの世話も最低限しかできず、ブラッシングが省略されてしまったのは、やむを得ないことだっただろう。

それをトラキチに聞かされた僕が、毛皮のお手入れ係を買って出たというわけだ。

猪田さんがブラッシングのことを思い出した後も、何となく、「我が家に来たらまずブラッシング」の習慣は続いている。

「こんな感じかな」

僕が手を止めると、低くゴロゴロと喉《のど》を慣らしていた猫は、抜けた毛が鼻に入ったのか、クシュンと小さなクシャミをしてから軽やかに立ち上がった。

そのまま食堂のテーブルの下に潜り、縁から垂れたテーブルクロスの陰でゴソゴソしていたと思うと、上下ジャージを着込んだ、いつもの人間の姿で再登場する。

トラキチいわく、「変身するところは、ちょいとデリケートゾーンなんでね。覗《のぞ》いちゃ駄目ですよ、旦那《だんな》」だそうだ。

おそらく彼は、「デリケートゾーン」という言葉の意味を間違えているのだが、それについて深く語り合うのは避けたい感じだ。

トラキチは大きな伸びをして、ご機嫌な顔つきでこう言った。

「はー、スッキリした。朝は猪田の孫に、夜は旦那にブラシをかけてもらえるなんて、俺っち、さすが徳の高い猫ですね」

相も変わらず、自己評価が高い。僕は半ば呆《あき》れ、半ば感心して言い返した。

「徳が高いかどうかはわからないけど、毛量が多い猫なのは確かだよね。朝、猪田さんにブラッシングしてもらったのに、夕方になったら、またこんなに抜けるんだもの」

僕が、後片付けをしながらそう言うと、トラキチはこともなげに応じた。

「春秋にはもっと抜けますすよ。それこそ、俺っちがもう一匹できそうなくらい」

「マジか～」

注意深く新聞紙を畳《たた》み、抜け毛ごとゴミ箱に放り込んだ僕に、トラキチは言った。

「さてと、晩飯を作りますか」

「それは、こっちのセリフ。っていうか、今夜はもう、ほとんどできてるんだ」

「へえ?」

まずは台所のシンクで手を洗ってから、僕はコンロの上に据えたままの鍋《なべ》の蓋《ふた》を開けてみせた。

「じゃーん！　どう?」

「おー……お?」

トラキチは目を丸くする。その顔は、やや不服そうだ。

「旦那、俺っち、この姿のときは野菜も美味《おい》しくいただきますよ。けど、いくら何でも、丸ごと煮たキャベツが晩飯ってなぁ、いただけませんね」

そこでトラキチの勘違いに気づき、僕は笑って訂正《ていせい》した。

「違うよ。ちゃんと肉も使ってる。これはロールキャベツ……の、巻いてないやつ」

トラキチは、顔の造作をきゅっと真ん中に寄せるような、奇妙な表情で腕組みする。

「巻いてなきゃ、ロールじゃないでしょうに」

「それはそうなんだけど。でも、美味しいと思うよ」

「……ほんとでございますかねえ。まあ食いますけど」

疑わしそうにしながらも、トラキチはいそいそと食器棚《しょっきだな》へと向かう。どうやら今日は、かなり腹ペコのようだ。

「カレーとかパスタとかを入れる深皿と、お茶碗《ちゃわん》、あと取り皿を出して」

そう指示を出して、僕は大急ぎでガスの火をつけてロールキャベツを温め始め、副菜の準備に取りかかった。

それから二十分ほど後、僕たちはいつものようにこたつに潜り込み、夕食を始めた。

僕は、改めて鍋の蓋を取った。もうもうと湯気が上がる。冬は、煮込み料理の湯気もご馳走《ちそう》のうちだ。

確かに何も知らずに見れば、コンソメスープの中で、丸ごとのキャベツをただ煮たように見える。でも、全然違う。

まず、芯を大きくくり抜いたキャベツを、ラップフィルムで包んで電子レンジで加熱する。

その間に、合挽《あいびき》ミンチと刻んだタマネギ、パン粉、卵、塩胡椒《しおこしょう》を合わせてこね、肉だねを作っておく。

加熱を終えたキャベツの粗熱《あらねつ》が取れたら、外側の大きな葉を三枚ほど剝《は》がして引っ繰り返し、芯をくり抜いた穴を手でぐいぐい押して広げる。その穴に、さっきの肉だねをギチギチに詰め込んで、剝がした葉でピッタリ覆《おお》う。

もう一度、電子レンジにかけて、全体にざっくり熱を通したら、キャベツの芯があったほうを上にして鍋に入れ、コンソメスープでことこと煮る。

電子レンジがメインで働いてくれるので、加熱中や冷やしているあいだに他の作業ができるし、「ロール」の作業が省略できるので、思ったより手が掛からない。

「山猫軒《やまねこけん》」の常連さんに教わったこの豪快なメニュー、なかなかよさそうだ。

僕が菜箸《さいばし》と包丁で大きなキャベツを切り分けると、まだ疑惑の眼差《まなざ》しを鍋の中身に向けていたトラキチも、ようやく「ふおおお！」と歓喜の声を上げた。

「肉！　肉入ってましたね、旦那！」

「だからそう言ったろ。ほら、お皿出して」

「ほいほい！　肉さえ詰まってりゃ、俺っち、無限に食えますよ」

「お代わりしなよ。でないと冷めちゃう……って、そうか、お前は猫舌だから、冷ましたほうがいいのか。じゃあ、二きれ」

「やった！」

トラキチが両手で捧げ持つ深皿に、僕は八つに切り分けたキャベツを二きれ、つまり四分の一を一気に盛りつけ、たっぷりとスープもよそってやった。

「旨《うま》そう！　けど、こりゃすぐには食えねえですね」

ちょっと残念そうなトラキチに、僕は副菜の皿を指さす。

「冷めるのを待つあいだに、他のものを食べておけばいいだろ」

「それもそっか。んじゃ、いただきます！」

「はい、召し上がれ。いただきます」

二人で同時に挨拶《あいさつ》して軽く頭を下げるのも、すっかり定着した儀式のようなものだ。

副菜といっても、大したものは何もない。

冷凍庫で発見した烏賊《いか》の一夜干しを焼いて、醬油《しょうゆ》とマヨネーズを合わせたソースを添えたもの。レンジで加熱した細切りのピーマンとしめじを、めんつゆを薄めたものに浸し、カツオ節と胡麻《ごま》を振りかけたもの。白だしと砂糖で淡く味付けした玉子焼き。なんてことはないけれど、しみじみ美味しいおかずたちだ。

「じゃ、とりあえず乾杯。お疲れさま」

「かんぱーい！　俺っちも旦那もよく働きました！」

毎日お酒を飲むわけではないけれど、数日に一回、缶チューハイでささやかに互いの労働を讃《たた》え合うのが、僕たちの習慣になっている。

「猫のときはダメなんですけどね。この姿だと食えるからありがたいっす。旨いなあ」

そう言いながら、トラキチはフォークで烏賊の一夜干しをザクリと刺し、醬油マヨネーズをたっぷりつけて頰張《ほおば》った。

本当に、顔じゅうで「旨い」を表現してくれるので、僕としても料理の作り甲斐《がい》がある。といっても、一夜干しは焼いただけ、醬油マヨは混ぜただけなので、ちっとも威張れないのだけれど。

巻かないロールキャベツは、冷蔵庫に半端に残っていたベーコンをコンソメに刻み入れたこともあって、なかなかの美味しさだ。

肉だねはジューシー、キャベツはとろとろ。これぞ家庭料理という感じがする。

ほどよく冷めたロールキャベツを頰張ったトラキチも、たちまち相好《そうごう》を崩した。

「旨《うめ》え。これ、いいですねえ、旦那。巻いてなくても、食えばロールキャベツだ」

「そういうこと。たっぷりあるから、好きなだけお食べよ。でも、今日はどうしてそんなに腹が減ってるの？」

いつにも増して旺盛《おうせい》な食欲を不思議に思って僕が訊ねると、トラキチは「まさか」という顔つきで肩をそびやかした。

「旦那、聞いてないんですかい？　ご近所ニュースくらい、チェックしとかないと」

「は？　ご近所ニュース？　何かあったの？」

「燃えたんですよ、猪田の孫んとこ」

「えええっ？」

僕は驚きのあまり、ポロリと箸を落とした。

「嘘だろ、叶木神社が火事になったの!?　大変じゃないか！」

しかしトラキチは、呑気《のんき》に玉子焼きを一きれ、フォークでグサリと刺しながら「いやいや」と首を横に振った。

「そっちじゃねえです。あいつがやってる、パン屋のほう」

「マジで！　いや、それはそれで大変だよ。大丈夫なの？　あそこ、駅前だから家が密集してるだろ？　猪田さんと鳥谷君は無事？」

つい矢継《やつ》ぎ早《ばや》に質問を繰り出してしまった僕に、トラキチは妙な余裕のある、ちょっと底意地の悪い笑みを浮かべて答えた。

「旦那《だんな》は慌てん坊だなあ。さすがに、猪田の孫が焼け出されてたら、俺っちもこんな涼しい顔で飯食ってないですよ。人間が言う『ボヤ』って奴みたいっす。けど、消防車が来てちょっとした騒ぎになったって、神社に毎日来る婆《ばあ》さんたちが喋《しゃべ》ってました」

「そうなの？　ボヤか。全然よくはないけど、でもよかった。二人とも無事なんだね？」

するとトラキチは、曖昧《あいまい》に首を捻《ひね》り、玉子焼きを口に放り込んで、不明瞭な口調で言った。

「猪田の孫は無事っす。トリ男のことは知らねえですけど」

「ああ、そうか。猪田さんは叶木神社に来るから姿を見たってことだね？」

トラキチはもそりと頷《うなず》く。

「えらく焦げ臭《くさ》くなって来てましたよ。けど、火事の後始末で忙しいのか、またいなくなって、夕方になっても戻ってこなかったんで、俺っち、猫的な晩飯はまだなんです」

「いつも、カリカリで腹ごしらえしてからうちに来てるの、お前？」

「まあ、軽い前菜程度につまんでから来ますね。あとは夜食に回すんですよ。猫は夜、忙しい生き物なんで」

「なるほど……」

知り合ってずいぶん経つのに、彼の「猫としての食事事情」には、まだまだ僕が知らないことがあるようだ。

「それにしても災難だな。ボヤなら、きっと鳥谷君も無事だと思うし、片付けも二人でできるからいいんだろうけど」

「古いボロ家ですからねえ。よく燃えそうだ」

「こらっ、そんなこと言わない」

僕がトラキチを窘《たしな》めたそのとき、インターホンが鳴った。

「ん？　宅配の荷物かな？」

うちも、昭和の古い住宅だけに、インターホンにカメラなどついていない。僕は「気にせず食べてて」とトラキチに声をかけ、席を立って玄関へ向かった。

ハンコを片手に扉を開けた僕は、「あれっ」と小さな声を上げた。

噂《うわさ》をすれば影がさす、とはこのことか。

門扉《もんぴ》の外に立っていたのは、まさに猪田さんだったのだ。

紺《こん》色のトレーナーにチノパン、ダウンジャケットという装《よそお》いの彼は、寒そうに大きな身体《からだ》を縮めて、僕にうっそりと頭を下げた。

「どうも。すんません、夕食時にお邪魔してしもて。ちょっとお願いがありまして」

僕は驚いたままで、門扉に駆け寄った。

「さっき、トラキチに火事のことを聞いたばっかりです。大変でしたね」

「あー、いえ、ボヤなんで、まあ。それより……」

「何かお話なら、中、入ってください。晩飯、済みました？　今、ちょうど食べてるところなんで、よかったらご一緒に」

「いや、自分は……うわ」

こちらもアニメのように、絶好のタイミングで猪田さんのお腹が鳴る。晩飯という言葉に、猪田さんの理性より胃袋のほうが強烈に反応したらしい。

ダウンジャケットの上からお腹を押さえて、猪田さんは恥ずかしそうに笑った。

「厚かましい胃袋やな。けど……ほな、お言葉に甘えてもええでしょうか。朝早うに火事出してから、ずっと近所へのお詫《わ》びやら片付けやら、神社の仕事やらで走り回っとって、気ぃついたらまだ水しか飲んでへん」

「ああ！　もう、絶対うちで満腹になっていってもらいます！　入って！」

僕は、まだ遠慮《えんりょ》がちな猪田さんを、強引に家へ引っ張り込んだ。

離れていても、猫のスーパー聴覚で、僕たちのやり取りは聞きつけていたのだろう。

トラキチは、卓袱台《ちゃぶだい》に猪田さんのための食器を並べ、座布団を置いてくれていた。

「どうも、猪田の旦那」

「ああ、こんばんは、猫さん。いや、トラキチさんのほうがええんでしたっけ」

トラキチが毎日うちで夕食を食べることを知っている猪田さんは、彼の姿に特に驚いた様子もなく挨拶《あいさつ》をした。

「どっちでもいいっすよ。どうぞどうぞ。俺っちの家じゃないですけど」

実は自分が神社の猫であることなどおくびにも出さず、トラキチは愛想良く挨拶する。

僕も、猪田さんのための缶チューハイを持ってきた。

「飲んでもいいなら、是非《ぜひ》、こちらもご一緒に。大変でしたね」

そう言うと、話を続けやすくなったのか、猪田さんは苦笑いで頭を振った。

「いや、もうお言葉に甘えついでに頂戴《ちょうだい》します。お詫び行脚《あんぎゃ》も済んだんで、ちょっとだけ飲みたい気分ですわ」

猪田さんが缶チューハイを受け取ってくれたので、僕たちはもう一度、お疲れさまを言い合って乾杯した。

「それで、火事のほうは大丈夫でした?」

ロールキャベツを盛りつけた深皿を猪田さんの前に置きながら訊ねると、猪田さんは、いつもはシャンと伸びている大きな背中を力なく丸めて答えた。

「まあ、燃えたんは二階の座敷がちょびっとなんです。消防車も来てくれましたけど、散水する前に火ぃは消えてたんで」

「ああ、それはよかった。水がかかったら、下の階に水漏《みずも》れとかありそうですもんね」

「そうそう。……あ、旨《うま》いです。ああ、ぬくい食いもんが滲《し》みる。ありがたい」

ロールキャベツを頬張った猪田さんは、ようやく強張《こわば》った頰を緩《ゆる》めた。

そういえば、彼が無精《ぶしょう》ひげを生やしているところを初めて見たかもしれない。短い髪も撫《な》でつけておらず、パイナップルの葉のように天に向かってつんつんと立っている。

何ともワイルドな、レアな姿だ。

「なんで店、燃えたんです?」

自分もロールキャベツをもぐもぐと食べながら、トラキチは何の助走もなくズバリと本題に切り込んだ。

このデリカシーのなさ、見習いたくはないものの、時にとても話が早くていい。

猪田さんも、むしろホッとした様子で答えた。

「それが、お恥ずかしい話なんですけど、寝煙草《ねたばこ》なんですわ」

僕は、少し意外に感じた。猪田さんが喫煙《きつえん》するところを、一度も見たことがなかったからだ。トラキチも同じだったらしい。

「煙草吸うんすか?」

と、またしてもハッキリ猪田さんに訊ねた。

すると猪田さんは、苦い薬でも飲んだような顰《しか》めっ面《つら》で、ボソリと言った。

「自分やのうて、トリです」

「ああ、鳥谷君……! あっ、それで、燃えたのが、彼が住みこんでる二階」

僕の推論を、猪田さんは頷くことで肯定する。

「もしかして、鳥谷君、煙草を吸いながら、うっかり寝落ちを?」

副菜の皿から煮浸しを摘《つ》まみながら、猪田さんはやるせないというように嘆息《たんそく》をした。

「年末のパン焼きをよう頑張ってくれたんで、年明け一週間、まるっと休ませたんです。その間に、緊張感が消えたんか、何なんか。寝坊する、酒が残ったまんまで作業に出てくる、やめとったはずの煙草をまた吸い始める……まあ、煙草は自由ですけど」

「前の二つは確実にアウトですよね」

「そうです。それは何度かきつめに叱《しか》りました。煙草にしても、火の不始末でもしたら周りの店にも、駅と電車を使う人らにも迷惑がかかるんやぞって言うたんですけど」

「けど……?」

「あいつ、起きたら二日酔いで、それを迎え酒でどないかしようとしたらしいです」

猪田さんの話に、トラキチはキョトンとする。

「迎え酒？　酒で酒を打ち消せるんですか？　人間、器用でございますね！」

「いや、迎え酒で二日酔いが消えるなんてこと、実際はないと思うよ？　むしろ肝臓に負担が増すだけじゃないかな」

僕の意見に、猪田さんもうんうんと同意する。

「ほんま、それですわ。そんで明け方からビール飲んで、煙草吸いながら、ついウトッとしてしもたそうです。気ぃついたら布団の上に煙草が落ちて燃え始めとって、パニックになったんでしょうなあ」

「うわー……！」

その光景を想像するだけで、背筋がゾクッとする。

「消せたんですか⁉」

消火できたから「ボヤで済んだ」のだとわかっていても、そう問わずにはいられない。

「これは自分の落ち度なんで、経営者として大いに反省せなあかんのですが」

猪田さんは沈痛な面持《おもも》ちで続けた。

「消火器の置き場所を、トリに言うてへんかったなと。まあ、あいつ自身も、消火器には頭が回らんかったそうですが。慌てて外へ逃げ出したんを、ちょうど店じまいして帰ろうとしとった向かいの居酒屋のご主人が見て、ただならん気配に『どうした？』って声を掛けてくれはったらしく」

「ああ、それで消火活動を」

「はい。一一九に電話して、帰り際やったバイト君と一緒に消火器持ってうちの二階へ駆けつけてくれはったんです。おかげさまで、焼けたんはトリの布団と畳《たたみ》だけでした」

「ああ、それはラッキーでしたね！」

「叶木神社のご祭神の思《おぼ》し召しかもしれへんです。居酒屋のお二人がいてくれへんかったら、どないなっとったことか。トリがあわあわしとる間に、駅前一帯が大火事になっとったかもしれん。あいつ、どうにも心が弱いんで、パニックになるとなんもわからんようになるんですわ。正月の後始末がまだ終わってへんので、神社に泊まり込んどった自分に連絡してくれたんも、トリやのうて、居酒屋のご主人です」

「あちゃー……」

　僕は思わずこめかみに片手を当てた。

　心の弱さについては、他人様《ひとさま》のことをどうこう言える人間ではないが、さすがに今回のことは庇《かば》いようがない。

「鳥谷君、あんなに頑張ってたのに」

「ホンマに。ええ感じで育ってくれたらと思うとったんですけどね」

これまでで最大ボリュームの溜め息が、猪田さんの口から漏れる。肺がペチャンコになるのではないかと思われるほどの深さと長さだ。

「それで、鳥谷君は今どうしてるんです？　お部屋、ボヤとはいえ、燃えてしまったわけだし、そのまま住むのは……」

僕がそう言うと、猪田さんは暗い眼差《まなざ》しのままで頷《うなず》いた。

「燃えた範囲は狭いんで、それほどのことやなかったんですけど、問題は消火器ですわ」

「消火器って、あれ、水が出るんじゃないんですか？」

僕のくだらない思い込みを、猪田さんはサラリと訂正《ていせい》する。

「あれ、中に詰まっとるんは粉なんです。そやから、ピンク色の粉が、部屋じゅうにわーっと。どんな隙間《すきま》にも入り込んどって、片付けが死ぬほど大変で……」

「うわあ」

僕は思わずそんな間の抜けた声を出してしまった。猫は、ロールキャベツをお代わりしながら首を捻《ひね》る。

「粉なら、掃除機《そうじき》で吸やぁ、いいんじゃねえんですか？」

僕もそう思ったが、猪田さんは陰鬱《いんうつ》な顔でかぶりを振った。

「自分もそう思うたんですけど、あの粉、めちゃくちゃ粒子が細こうて、掃除機で吸ったら、フィルター通り抜けて後ろの排気口から噴き出してきよるんです。賽《さい》の河原《かわら》みたいなもんですわ。掃除機もあっちゅう間に壊れてしもた」

「それはつらい！」

想像するだに恐ろしい現象に、僕は悲鳴じみた声を上げた。猪田さんも、これには力強く同意する。

「もう、どないなホラー映画よりホラーでした。結局、ほうきとちりとりで粉をできるだけ集めて袋に詰めて、それから、あとはひたすら拭き掃除ですわ。トリとふたりで拭きに拭いて、どうにかこうにか。それでもまだ、あちこちにピンク色が残ってます」

「それは……なんともお疲れさまでした。ロールキャベツ、もっと食べてください」

「ああ、どうも。それより」

猪田さんは大きな手でお代わりを遠慮《えんりょ》する仕草をしてから、沈んだ声でこう言った。

「ご近所にお詫《わ》びを言うて回って、何とか部屋を片付けて、明日からまたパン屋を開ける目処《めど》がついたんが、昼の三時過ぎやったと思います。トリに『コンビニ行って、何ぞ買うてこい』言うて、お金を渡して行かせたんですわ。そやけど、待てど暮らせど帰ってこんで、店のカウンターにこれが」

そう言って、猪田さんがチノパンのポケットから引っ張り出したメモ用紙には、ぐちゃぐちゃした字体で、「すんませんでした。お世話になりました」と書き殴《なぐ》られていた。

「これ……鳥谷君の？」

「置き手紙やと思います。さすがに自分も、今日のことは簡単に許すわけにはいかんと思うてましたから、朝に現場に駆けつけてトリの顔を見た瞬間に、『これはゴメンでは済ませられんぞ。どないするか、自分でよう考えぇよ』て言うて、あとは片付けが終わるまで、一言も口をきかんかったんです。やり過ぎたかもしれません」

項垂《うなだ》れる猪田さんに、僕は慌てて声を掛けた。

「いや、怒鳴りつけられても全然不思議じゃないところですよ。やり過ぎじゃないと思います。むしろ、猪田さん、冷静に対処してて凄《すご》いです」

「俺っちも旦那《だんな》に賛成っす。つか、自分で考えろって言われたトリ男が、逃げることにしたってだけじゃねえんですかね」

「ちょっとトラキチ、言い方！」

「他にどう言えってんです？　自分の不始末で火事出して、挙げ句の果てにお使い代をかっぱらって逃げたわけでございましょ？」

「うう、た、確かに結果的にはそうかもだけど……。猪田さん、それで、鳥谷君の行方《ゆくえ》は？　連絡、つかないんですか？」

　そこで、猪田さんはハッと顔を上げた。

「そうそう、それですわ。電話はまったく繋《つな》がらんのですけど、坂井《さかい》さん、前に沖守《おきもり》さんのお宅でバーベキューパーティをするとき、うちのトリとＬＩＮＥの連絡先を交換しとったでしょう。ちょっと呼びかけてもらわれへんかと。それをお願いしに来たんでした」

「あっ！　そうか。今、連絡してみますね！」

「よろしゅうお願いします。自分には結局、教えてくれんかったもんで」

「ありゃ……ちょっと待ってくださいね」

　僕はスマートホンを取り出すと、鳥谷君にメッセージを送ってみた。

　とりあえず内容は鳥谷君の心をできるだけ刺激しないように、「大変だったね、大丈夫？」に続いて、「今どこにいるの？　みんな心配してるよ。猪田さんも。怒ってないよ」と打ち込んで、様子を見る。

　数分後、僕はスマートホンの画面から、猪田さんの心配そうな顔に視線を移した。

「今、既読つきました！」

　猪田さんの眼鏡《めがね》の奥の目が、見たことがないほどまん丸になる。白目は酷《ひど》く血走っているけれど、その目には、少し光が戻っていた。

きっと、精神的に弱く、不安定なところがある鳥谷君が、火事のショックと猪田さんに叱《しか》られたせいで衝動的な行動に走るのではないかと心配していたのだろう。

「っちゅうことは、あいつ、ちゃんと生きて、どっかでスマホを見とるわけですね？」

「おそらく、ちゃんと生きて、見てます！　ただ、返事を打ってる気配がないですね」

「自分と話はしとうないっちゅうことですかね」

再びしょんぼりした猪田さんを、僕は慌てて慰める。

「しばらくそっとしておいてあげたらどうですか？　まだ当日の夜なんだし。一晩寝て、落ち着いたら連絡する気になるかもしれません」

猪田さんは、今度は自分自身を落ち着かせるように一息ついてから、再び僕を見た。

「それもそうですね。そやけど、一応、伝えてもらえませんか？　店の仕事を続けるにしても辞めるにしても、ちゃんと筋を通してからにせえと。逃げ癖《ぐせ》はようないと」

いつも温厚な猪田さんにしては、ずいぶん尖った言葉選びだ。さすがに「わかりました」とは言いかねて、僕はこう提案してみた。

「その決断を迫るのは、少し早いんじゃないですか？　せめて言葉を柔らかくしても？」

「あっ……すんません、お願いします」

猪田さんはハッとした様子で口元に手を当ててから、恥ずかしそうに一礼する。

どうやら、心を静める時間が必要なのは、鳥谷君だけではないようだ。

落ち着いているように見えたけれど、猪田さんも実はいっぱいいっぱいなのだと、鈍い僕はここに来てようやく気がついた。

チラとトラキチを見ると、彼はとっくの昔に知っていたと言わんばかりのしたり顔で、うんうんと頷いてみせる。

何だかちょっと悔《くや》しいけれど、そんなことを気にしている場合ではない。僕は、さらにこう申し出た。

「あと、連絡先は僕でも構わないって伝えてもいいですか?」

「もし、坂井さんがお嫌やなかったら」

「僕はいいです。……その、出過ぎた真似《まね》をしてすみません」

「いや、そないなことは。むしろ、トリのことを心配してもろて、ありがたい限りです。あいつに不安定なとこがあるんをよう知っておきながら、突き放すようなことを言うてしもて。自分もまだまだ未熟です。反省せな。あいつ、今どこにおるんやろな。ちゃんと暖かいとこにおって、飯食えとるやろか」

大きな肩をがっくりと落として、独り言のように猪田さんは呟《つぶや》く。

僕たちの手前、厳しいことを言ってはみたものの、本当は鳥谷君が心配で、オロオロしている気持ちが声に滲《にじ》み出している。

「とにかく、しっかり食べてください。何か彼から連絡があったら、すぐにお知らせしますから。お疲れでしょうし、今日はよく休んでくださいね」

「……ほんまにすいません。お二人には、師弟でご心配かけます」

正座に座り直して頭を下げる鳥谷さんを、僕だけでなく、いつもは軽口を叩くはずのトラキチまで、なんだか気の毒そうな面持《おもも》ちで見ていた……。


翌朝、起きてすぐスマートホンをチェックしたが、鳥谷君からの返信はなかった。

まあ、物事はドラマみたいに上手《うま》くはいかないものだ。

でも、「おはよう。どこにいても、温かくして、朝ごはん食べてね」というメッセージを送ったら、すぐに既読がついた。

しかも、一時間くらい経ってから、不意におにぎりのスタンプまで送られてきた！

ちゃんと、朝ごはんを食べましたよ、という報告だと思う。

一夜明けて、鳥谷君の気持ちが少しくらいは落ち着いたのかもしれない。

その旨《むね》、猪田さんに電話ですぐ知らせたら、彼はとても喜んでいた。

とても眠そうな声だったけれど、今朝から「パン屋サングリエ」の仕事を無事に再開したそうだ。

『久し振りにひとりで全部やっとるんで、大変ですわ。トリのありがたみを嚙《か》みしめて仕事しとります』

空元気《からげんき》かもしれないけれど、猪田さんは、昨夜よりは明るい声でそう言っていた。

返事が期待できなくても、鳥谷君に、無事に日常が戻りつつあるという現状を知らせることは大切だろう。

僕はそんな猪田さんの言葉を彼に送信してから、沖守邸に出勤した。

歩いていける職場はありがたい。緩《ゆる》い坂を上るうち、少しずつ体が温まり、マフラーと手袋がトゥーマッチに感じられて、いつも外してしまう。

「あっ、坂井さん。どうもどうも」

沖守邸の前には、ワゴン車が停まっていた。そこから降りてきた顔見知りの男性に声をかけられ、僕も挨拶《あいさつ》を返した。

「おはようございます！　あれ？　今日、僕、何かお願いしてましたっけ？」

男性はネットスーパーの配達員で、この界隈《かいわい》を担当している。自動車に保冷ボックスをたくさん詰めて、注文された品物を各家庭に届けて回っているのだ。

価格は安くないけれど、駅前のスーパーマーケットでは扱っていないような珍しい食材の取り扱いがあるので、僕も時々利用している。

でも、今日は何も頼んでいなかったはず……と思っていると、彼は両手に抱えた保冷ボックスを地面に置き、蓋《ふた》を開けながら言った。

「今日は、山猫軒さんじゃなくて、奥様からのご注文です。これ、お願いしても？」

「ああ、勿論《もちろん》。お預かりします。ご苦労様です」

「助かりますよ。じゃあ、またよろしくお願いします！」

キャップのつばに手を当てて軽く頭を下げ、配達員氏は空っぽになった保冷ボックスを車へと運ぶ。

僕は、彼に託されたレジ袋を提げ、門扉《もんぴ》を開けて中へ入った。

「おはようございます」

玄関で挨拶すると、いつものように沖守さんが姿を見せた。

「あら坂井さん、もうそんな時間なのね。おはようございます。今日もよろしくね」

夏に一度、熱中症になりかけて以来、幸いにも他に大きな不調はなく、今日も沖守さんは元気そうだ。

トレードマークの上品なマキシ丈のワンピースの上から、クリスマスに僕とトラキチが連名でプレゼントしたダウンベストを着込み、モコモコのルームシューズを履《は》いている。

驚いたことに、沖守さんにとって、このベストが初めてのダウン製品だったらしい。

軽さと暖かさに感激した彼女は、以来、毎日愛用してくれている。

いわゆるファストファッションの類《たぐい》なので、沖守さんに「こんな安物」と嫌がられるのではと不安だったけれど、そんなことは気にしないそうだ。

実際、安いものでも、沖守さんが着てくれると、なんだか一流ブランドの服のように見える。そう言ったら彼女は「買いかぶりすぎよ」とはにかんでいたが、本当にそうなのだから仕方ない。

「これ、預かってきました。食材を注文なさったんですね」

僕は、レジ袋を軽く持ち上げて沖守さんに見せ、運びましょうか、と訊ねてみた。

少し重かったので、勝手知ったる彼女のキッチンまで持っていこうと思ったのだ。

でも沖守さんは、「いいえ、結構よ」と軽やかに僕の申し出を退け、両手でレジ袋を受け取った。そして、少し慌てた様子でこう付け加えた。

「お気持ちは嬉しいわ。でも、あんまり何もかも他人様《ひとさま》にお任せではいけないでしょう？　できることは、自分でやらなくてはね。これも筋トレよ」

「それは、確かに。じゃあ、僕は仕込みにかかりますね」

「はい、お願い致します」

奥へと入っていく沖守さんを見送って、僕は「茶話　山猫軒」の厨房《ちゅうぼう》に入った。

しばらくすると、沖守さんがやってきて、いつものように、客席に飾る花を整え始める。

僕には生け花の心得がないので、これは彼女の領分なのだ。

花瓶《かびん》の水を換え、萎《しお》れてしまった花や葉を取り除き、庭に咲いていたサザンカの枝を切ってきて仲間入りさせる。

こうやって、少しずつ花をローテーションすることで、お客さんにも小さな楽しみを提供することができる。

楽しそうに作業している沖守さんに、僕は今日の日替わりランチ用の野菜を切りながら話しかけた。

「必要なものがあるときは、言ってくださいね。僕、出勤前に調達してきますから」

しかし沖守さんは、サザンカの枝を指す角度を検討《けんとう》しながら、笑顔で答えた。

「ありがとう。でも、あなたが……なんだったかしら。ハワイ？」

突然の地名にキョトンとした僕は、ハッと気付いて思わず笑み崩れてしまった。

「ハワイじゃなくて、Ｗｉ－Ｆｉ、ですね？」

「そう、それ。それを引いて、タブレットの使い方を教えてくださったから、ネットで色々できるようになったでしょう？　お買い物も料理も、とっても楽しいの。昔のように、好きなものを自由に手配できるようになったから」

「ああ、なるほど」

僕は納得して相づちを打った。

僕自身は、沖守さんのお使いを少しも苦にしていないけれど、沖守さんのほうは、何かをしようとするたび、誰かに用事を頼まなくてはならないことに、息苦しさや申し訳なさを感じていたのかもしれない。

それが何であれ、自分のことは自分でできたほうが楽なのに決まっている。

「買い物、楽しいですよね」

僕がそう言うと、沖守さんは笑みを深くした。

薄化粧《うすげしょう》をした沖守さんの顔は、笑って目尻のしわが増えると、なおチャーミングになる。

「食材も、お惣菜《そうざい》も、お菓子も、お花も本も、何なら化粧品さえネットで買えるんですもの。あなたのおかげで、心臓を悪くしてから遠ざかっていた世界が、またすぐ近くに戻ってきたわ。本当にありがとう、坂井さん」

「あ、いえ。僕は軽く手ほどきしただけで、沖守さんの上達が早いんですよ。タブレットをそんなに使いこなしているなんて、凄《すご》いです」

「過ぎた欲は人間を破滅させるけれど、適度な欲は、人間を進歩させてくれるものよ。最近は、動画も見るようになりました。自宅から世界旅行に旅立てるなんて、素敵だわ」

サラリと哲学的な発言をしてから、沖守さんは花瓶を大きなテーブルの中央に置き、僕がいる厨房に歩み寄ってきた。

「ところで、噂《うわさ》を聞いたのだけれど」

「はい？」

「猪田さんのお店、火事を出されたとか？」

沖守さんの情報網《もう》は、なかなかに広いようだ。僕は少し驚きつつも肯定の返事をした。

「はい。でもボヤで済んで、今日からもう営業再開してるそうです」

すると沖守さんは、少女のように小さく手を叩いた。

「それはよかったわ！　じゃあ、お店も人もご無事なのね？　お怪我《けが》もなく？」

「大丈夫みたいですよ」

「ああ、それは本当によかった。きっとホッとなさるわ」

「ん？　誰が……って、ああ、お客さんたちが。うちもですね。来週の水曜日は、日替わりランチがサンドイッチの予定なので」

「え、ええ、そうね。猪田さんが焼いてくださる耳まで柔らかい食パン、どんなお客様にも喜んでいただけるから」

そう言うと、沖守さんは少しソワッとした様子でカウンター越しに僕に訊ねてきた。

「もし、お手伝いが今は要らないようなら、しばらく奥へ行っていて構わないかしら？」

僕はカボチャを切る手を止め、沖守さんの、今日はとても血色のいい顔を見た。

「勿論です。具合は悪くなさそうに見えますけど、もし休んだほうがいいのなら……」

「いいえ、違うの。さっき、食材が届いたでしょう？　下拵《したごしら》えをしておきたくて」

「なるほど。もし、そちらでお手伝いが必要だったら、声をかけてください」

「ありがとう。でも大丈夫よ。お店のお仕事を頑張ってちょうだい」

そう言い残して、沖守さんは自室のほうへ去っていく。今朝は、足取りがとても軽い。いいことだ。

今日の日替わりランチは、カボチャとソーセージ、それにマッシュルーム入りのマカロニグラタンと、パリッとしたグリーンサラダ。

グラタンのホワイトソースには、ほんのちょっぴりの白だしを隠し味に使う。

何しろ、ランチを楽しみに通ってくれるお客さんには高齢者が多いので、こってりよりはあっさり仕上げ、どんなジャンルの料理でも、少し和風に寄せた味付けを心がけている。

ランチは量より質、食べやすく、同時に満足感があるように仕上げなくてはならない。

難しいけれど、毎日がチャレンジでとても楽しく、勉強になる。

（そういえば沖守さん、以前は日持ちする根菜や乾物で常備菜を作ることが多いって言ってたけど、ネットスーパーで生鮮食料品を手に入れやすくなった今、どんな料理を自分用に作るんだろう。あとで聞いてみよう。日替わりランチの参考になるかも！）

僕はそんなことを考えながら、大きくて深いフライパンを火にかけ、スライスしたタマネギと輪切りにしたソーセージを弱火で炒《いた》め始めた。

そして、コロンとしたマッシュルームをスライスし、フライパンに順次放り込みながら、香ばしい匂《にお》いに目を細めたのだった。

それから、三日が過ぎた。

日常は、変わりなく続いている。

僕も、トラキチも、沖守さんも、健《すこ》やかに穏やかに日々を過ごしている。

ただ、鳥谷君の行方《ゆくえ》は、相変わらずわからなかった。

猪田さんは、連絡するたび「自分は、日常生活を送りながら、ただここで待つだけです」と言うけれど、本当は、落ち着かない、心配な気持ちでいるに違いない。

毎月末の習慣で、叶木神社のご祭神に、「トラキチを飯友として派遣してくださり、ありがとうございます」とお賽銭《さいせん》を納めに行ったとき、拝殿前で深々と頭《こうべ》を垂れる宮司《ぐうじ》姿の猪田さんを見かけた。

　きっと毎日そうやって、ご祭神に、鳥谷君の無事を願っているのだろう……と、僕は勝手に解釈した。

　鳥谷君には、毎日僕から勝手に挨拶《あいさつ》や世間話、あるいは猪田さんの様子や言葉をメッセージの形で送信し続けている。そのたび、律儀《りちぎ》に既読はつくものの、返事はない。

　それでも、朝、昼、晩と、何らかの食べ物のスタンプが送られてくるのは、「ちゃんと食べている、無事でいる」という、鳥谷君なりの報告なのだろう。

　オムライスだったり、サンドイッチだったりと、一応、実際に食べたものが反映されているようだ。

（そういうところ、真面目《まじめ》なんだよなあ）

　二月に入っても変わらない状況に、僕は「山猫軒」の厨房でスマートホンの画面を眺め、小さく溜め息をついた。

　実は心の底で、もしかしたら、月が変わるタイミングで、鳥谷君が帰ってきたりしないだろうか……と、僕は勝手に期待していた。

　僕なら、そういう時間と気持ちの区切り方をしそうだと思ったからだ。

でも、そんなことはなく。

別に鳥谷君にコンタクトを取ること自体は嫌でも面倒でもないけれど、まったく事態が好転しないのは、いささかつらい。

失恋のショックで叶木神社で焼身自殺をはかった鳥谷君の命を、この世に引き留めてしまったのは、僕とトラキチだ。

だから責任があるとまでは思わなくても、あのとき死なせなかったからには、彼が立ち直り、幸せを摑《つか》むまで、できる限りのサポートはしたいという気持ちがある。

実際、鳥谷君が見習いパン職人として頑張っていたことも、そんな彼を猪田さんが優しく見守っていたことも知っているだけに、どうにもやるせない。

(夏に、ここでバーベキューパーティをしたときも、うんと張り切って準備を手伝ってくれたのになあ、鳥谷君。いい感じだと思ったのに)

ランチタイムが終わってお客さんがいったん切れると、ついそんな風にぼんやりと物思いに耽《ふけ》ってしまう。

だから、突然、沖守さんに呼びかけられて、僕は小さく飛び上がった。

「す、すみません!」

反射的に謝ると、いつの間にか店に戻っていた沖守さんは、むしろ驚いた顔で「いいえ」と首を横に振った。

「謝っていただくことは、何もないわよ。今日はランチにたくさんお越しいただいたから、疲れたんでしょう？　お茶でも淹《い》れましょうか？」

沖守さんは、カウンター越しにそんなことを言ってくれた。

確かに、今日はランチが途中で売り切れ、慌てて他のメニューを急遽《きゅうきょ》用意するほどの繁《はん》盛《じょう》ぶりだった。

調理するのと運ぶのは僕だけれど、接客と会計は沖守さんの担当だ。ランチタイムが終わり、彼女が少し疲れたと自室に引き上げたので、あとはひとりでやるつもりでいた。

「沖守さんこそ。もう戻ってきちゃったんですか？　もっと休んでいて大丈夫ですよ」

僕がそう言うと、彼女は「ちょっと様子を見に来ただけよ。また戻らせていただきます」と言って、微笑んだ。

「それがいいです。ひとりで対処できないくらい混み始めたら、またお声掛けしますから。あ、いえ、タブレットにメッセージを飛ばしますから」

僕がそう言うと、沖守さんはコロコロと少女のように笑った。

「メッセージより、あなたのお声がいいわ。老眼には、タブレットの文字を読むのは少しつらいのよ？　お若い方にはわからないでしょうけど」

「すみません。じゃあ、やっぱりお声掛けしますから、安心して休んでいてください」

僕が重ねてそう言うと、沖守さんは頷《うなず》いて、こう言った。

「ところで、急なお誘いで申し訳ないのだけど」

「はい。何ですか？」

「明日は節分《せつぶん》でしょう？」

そんな沖守さんの言葉に、僕は厨房《ちゅうぼう》の壁にかけたカレンダーを見て頷いた。

「はい。残念ながらここがお休みの日なので、日替わりランチに巻き寿司が出せないなあ、って話をしましたね、そういえば」

「ええ、残念。でも……」

沖守さんは、何かを企《たくら》んでいるような悪戯《いたずら》っぽい笑みを浮かべて、こう言った。

「夏のバーベキューのお礼をしたいと思っているの。節分パーティはどうかしら」

「節分パーティ、ですか？」

思わず目をパチパチさせてしまった僕に、沖守さんは頷く。

「ええ、大したことはできないけれど、巻き寿司と、お吸い物と、あと鰯《いわし》くらいのおもてなしをしたいと思うの。夏に来てくださった方々をお招きして。ああ、本当はあなたもご招待したいけれど、あなたには……」

「あっ、準備ですね！　勿論《もちろん》、僕はお手伝いする側です」

「そう言ってくださると思ってた。じゃあ、この企みに乗ってくださる？」

僕は笑って頷き、スマートホンを取りだした。

「はい。トラキチは大丈夫だと思います。猪田さんには……今の時間帯なら、電話しても大丈夫かな。あっ、でも」

「どうかした？」

「あの……実は、鳥谷君は、今、店にいなくて。その、色々あって。残念ながら招待できそうにないんですけど、大丈夫ですか？　あっ、勿論、声はかけてみますけど」

「あら、そうなの。いいんじゃないかしら」

やけにフラットにそう言って、沖守さんは、頰《ほお》に片手を当てた。

おや、と僕は心の中で首を捻《ひね》った。

夏のホームパーティのとき、ずっと火の前から離れない鳥谷君を心配して、沖守さんは飲み物を勧めたり、冷却剤を包んだタオルを渡したりと、細やかに世話を焼いていた。

僕はてっきり、沖守さんは鳥谷君のことが気に入ったのだと思い込んでいたのだ。

慎《つつし》み深い人なので、敢《あ》えて他人のプライベートを詮索《せんさく》しないように努めているのかもしれないけれど、それにしてもいささか冷淡に思える対応だ。

（僕の知らないところで、鳥谷君、沖守さんの気分を害するようなことをしちゃったのかな。パンの配達に来てくれたときとか……？）

急に不安がわき上がったものの、それを今、追及するのはよくない気がする。

僕は、それ以上鳥谷君のことを話すのはやめにして、話を節分パーティに戻した。

「じゃあ、とりあえず連絡は僕に任せてください。時間は……夜でいいですかね？」

「そうね、あんまり遅いと私が眠くなってしまうから、六時ぐらいでお願いしたいわ。早すぎるかしら？」

「大丈夫だと思います。じゃあ僕は、二時くらいに食材を買ってお邪魔します。お寿司の具材とかをリストアップしておくので、あとでチェックしてください」

「わかったわ。当たり前みたいに頼ってしまって、ごめんなさいね。いつか、あなたがお客様のパーティも開かないと」

申し訳なさそうにそんなことを言う沖守さんに、僕は笑って片手を振った。

「いえ、いいんですよ。僕、もてなされるのって慣れていないので、もてなす側のほうが落ち着きます。巻き寿司作りもまだ下手《へた》なんで、沖守さんに教えていただきたいですし」

「ふふ、私はちょっと上手《じょうず》よ。夫と息子の大好物だったし、昔は、何かあったらすぐ巻き寿司だったの。運動会には、お重で巻き寿司といなり寿司を詰めていったものだわ」

「じゃあ、明日はよろしくお願いします、沖守先生」

「あら、いやだ。そんなにおだてても、臨時ボーナス以外、何も出ませんよ」

何よりありがたい申し出をサラリと口にして、僕がそれを遠慮《えんりょ》する隙《すき》を与えず、沖守さんは「山猫軒」から出ていってしまう。

やはり、とても軽い足取りだ。

疲れたといっても、体調がよさそうなのはとてもホッとするし、どことなく、いつも以上にご機嫌なのも嬉しい。

ただ、引っかかるのは鳥谷君についてだけ、ちょっと態度が冷ややかなところだ。

（本当に、何したんだろう、彼。明日のパーティ、来てくれるといいけど、どうかな。メッセージ、送ってみよう）

僕はＬＩＮＥを立ち上げ、節分パーティへの招待メッセージを打ち込んでみた。

ある意味、鳥谷君にとってはいい機会のはずだ。「パン屋サングリエ」に顔を出すよりは、パーティに参加して猪田さんにまず謝罪するほうが、ハードルが低いだろう。

そんなことも軽く匂《にお》わせるメッセージを送って数分後。

無視されるかと思っていたら、着信音が響いた。

買い物リストを作り始めていた僕は、慌ててスマートホンをチェックする。

画面には、また、スタンプがぽつんとひとつ、表示されていた。

しかも、男性が両腕で×を作っている画像だ。

「なるほど、不参加の連絡かあ。まあ、そうなるとは思ってたけど」

鳥谷君の内向的で不器用な性格を思えば、パーティに誘われたからと二つ返事でほいほいやってくるようなことはないと思っていた。それでも、こうもきっぱり断られると、ちょっとションボリしてしまう。

(またの機会があるといいけど……何とか店に戻ってほしいんだよね)

無論、それは僕の勝手な希望だけれど、実際問題、猪田さんほど理解ある上司はなかなかいないと思う。社会的にも人間的にも立ち直るための絶好のチャンスを、手放してほしくないのだ。

夏に一緒にパーティの準備をしたとき、鳥谷君の不器用な、でも細かいところまで目が届く親切心や、火加減の調節にかける几帳面《きちようめん》すぎる情熱、そして自分が焼いた肉や野菜を褒《ほ》められたときのはにかんだ笑顔……。

そんなものを思い出すと、やはり「好きにせよ」とは言えない。戻ってきてほしい。

「でも、決めるのは彼なんだよな……」

やるせなくぼやきながら、僕は、猪田さんにお誘いをかけるべく、スマートホンを耳に当てた……。

翌日の夕方。

「お招きされて、いらっしゃいました〜。門のとこで、猪田の旦那《だんな》と鉢合《はちあ》わせしたんで、一緒に来ましたよ」

思いきり敬語の使い方を間違いながら、賑《にぎ》やかに沖守邸にやってきたのは、言うまでもなくトラキチである。

僕は準備でずっと沖守邸に詰めていて、トラキチに適切な服を貸すチャンスがなかったので、いつものジャージの上下を堂々と着こなしているが、もう今さら沖守さんは気にするまい。

「どうも、今日はお招きいただきまして。坂井さんも、準備、お疲れさまです」

そう言いながらトラキチの後から現れた猪田さんは、きっちりスーツを着込んでいた。

思っていたより元気そうだけれど、少し痩《や》せて、よく見ると、目の下にはうっすらとくまが出来ている。

やはり、鳥谷君のことを案じ続けているのだろう。

「お二人とも、よく来てくださったわ！　さあさあ、どうぞ」

いつもより少しだけ花模様が華やかなワンピースを着た沖守さんは、笑顔で二人をパーティ会場へ誘った。

プライベートの宴会なので、店ではなく、沖守さんの食堂でのもてなしだ。

かつて彼女が家族と囲んだであろうダイニングテーブルの上には、僕と彼女で用意した巻き寿司と、敢えて焼かずに甘露煮《かんろに》にした鰯《いわし》、それに椎茸《しいたけ》と白身魚のしんじょうを入れたお吸い物が用意されている。野菜も必要だろうと、出始めのほろ苦い菜の花を、春を予感させるおひたしにした。

あと、節分なので、沖守さんが折紙で作った小さくて可愛《かわい》い升《ます》の中に、煎《い》り大豆もたっぷり入れてある。歳《とし》の数には足りないけれど、食べるには十分な量だ。

沖守さんが「とっておきよ」と出してきた、美しい椿《つばき》の刺繍《ししゅう》の入ったテーブルクロスのおかげもあり、素朴《そぼく》だけれど華やいだ食卓だ。

「さあ、お寿司が乾かないうち、お吸い物が冷めないうちに、いただきましょうよ」

そんな沖守さんの言葉に従い、僕たちはお寿司屋さんよろしく大きな湯呑《ゆの》みに注いだお茶で乾杯の真似事《まねごと》をして、さっそくパーティを始めた。

「丸齧《まるかじ》りの必要性を感じないから、切ってしまったわ。そのほうが、エレガントにいただけるでしょう?」

そんな沖守さんの美学に従い、巻き寿司は切って、ピラミッド型に盛りつけてある。圧力鍋《なべ》で煮た鰯は、骨が柔らかくなって、まったく気にならない。小骨が多い鰯の調理法としては、いちばん好きなやり方だ。

「うまーい。これ、旦那が巻いたんですか？　それともオコモリさん？」

トラキチは、ほっぺたを大きく膨《ふく》らませ、もごもごと巻き寿司を咀嚼《そしゃく》しながら訊ねた。

沖守さんは、トラキチのお皿にある巻き寿司をチラと見ただけで、「それは坂井さんね。すこーしだけど、具材が偏《かたよ》っているでしょう？　こっちが私の」と言って、僕の皿を指さした。

悔《くや》しいけれど、確かに沖守さんが巻いた巻き寿司は、具材が見事に中央に来ていて、ご飯もいい具合の詰まり方だ。対して僕のは、具材が偏り気味で、ご飯の密度も少しばかり緩《ゆる》すぎるように思える。

「旦那、あとで交換しましょ。俺っちも、オコモリさんの寿司が食いたいです」

「そ、そうだね。わかった」

ちょっと傷つきながら承諾《しょうだく》する僕を面白そうに見やり、猪田さんは申し訳なさそうに沖守さんに話しかけた。

「申し訳ないです。トリ……鳥谷にもお声をかけようとしてくださったと、坂井さんから伺《うかが》いました。夏にはここで楽しゅう過ごさせていただいて、あいつも喜んどったんですが、今、ちょっと店を離れておりまして」

沖守さんは、やっぱりサラリと受け流した。

「仕方がないわ。猪田さんが来てくださったのだから、私はそれで十分ですよ」

まただ。また、鳥谷君についての、どこか冷ややかなコメントが飛び出してしまった。

何でも率直《そっちょく》に言うトラキチだが、さすがにこれについては、言葉にしかねたとみえる。

何も言わなかったが、忙しく動く目が、「変じゃねえですか、旦那」と何より雄弁に訴えかけてきた。

（おかしいよなあ、沖守さんの態度。なんでこんなに鳥谷君に冷ややかなんだろう）

不思議に思うけれど、せっかくのホームパーティの楽しい雰囲気《ふんいき》を、そんな疑問で損《そこ》なうわけにはいかない。

「火事の後片付けは、もうよろしいの？」

「はい、もうすっかり元どおりです。ああいや、畳《たたみ》は入れ換えんとあかんのですけど、職人さんが忙しゅうて、まだ。今月中には新しい畳になる予定です」

「それはよかったわ」

鷹揚《おうよう》にそう言った沖守さんは、また、この前と同じいたずらっ子のような笑顔になって、こう言った。

「そういえばね、今夜は、もうひとりゲストをお招きしているの」

「えっ？」

僕たちは皆、同時に驚きの声を上げ、周囲を見回す。でも、そもそもテーブルの上にセットされた食器は四人分。ゲストの分は、用意されていない。

「どういうことですか？　ゲストの方の食事は……」

「人間のお食事はいただかないのよ。特に節分《せつぶん》のお食事は。何しろ、最後のゲストは、鬼さんだから」

三人を代表して訊ねた僕に、沖守さんは、やはり笑顔のままでそう言って、軽く手を叩いた。

「ええええ？」

「鬼でございますか？」

「？」

三人三様の驚き方をする僕らの前に、廊下《ろうか》から飛び込んできたのは……本当に、鬼だった。

顔に紙製のお面をつけて、昭和のお爺《じい》さんのようならくだのシャツとステテコ姿という、何とも間の抜けた、貧相なやせっぽち、しかも手ぶらの鬼だったけれど。

「鬼ぃ？　鬼ってのは、トラのパンツを穿《は》いてるんじゃねえんですか？」

そこじゃない、と言いたくなるようなトラキチの疑問に覆《おお》い被《かぶ》せるように声を上げたのは、物凄《ものすご》い勢いで立ち上がった猪田さんだった。反動で、椅子《いす》が倒れたことに気づく様子もない。

「トリ⁉　お前、トリやな⁉」

「えっ、鳥谷君？」

僕も思わず中腰になった。

風変わりな鬼は、ゆっくりとお面を外し、そして深々と……膝に額がつくほど、猪田さんに向かって頭を下げた。

三十秒ほどもそうしていただろうか。いかにもおずおず頭を上げたのは、本当に、鳥谷君だった。またしても驚かされることには、彼は頭をツルツルに剃《そ》り上げていた。

お坊さんでもなければ滅多《めった》に見ないような、トラキチの言葉を借りれば「ガチ坊主《ぼうず》！」である。

「すんません、師匠《ししょう》。迷惑かけて、すいませんでした」

「……お前、まさか、ここに？」

呆然《ぼうぜん》としながら、どうにかそれだけ絞《しぼ》り出した猪田さんに、鳥谷君は痩せぎすの身体《からだ》をさらにすぼめて頷《うなず》く。

「行くとこなくて。夏に会ったとき、いつでもいらっしゃいって言ってもらったのを思い出して、つい」

「アホかー！」

ぽかり！

渾身《こんしん》の怒鳴り声と共に、それと反比例と言ってもいいほどのささやかさで、猪田さんは鳥谷君の頭を叩いた。一応は拳だったが、痛みはさほどではないだろう。

「女性の一人暮らしのお宅に、大人の男が転げ込むとはどういうことやねん！」

「それは、俺も思ったんですけど。でも、いつまでもいていいって言ってもらって、なんか、田舎《いなか》の祖母《ばあ》ちゃんちに来たみたいで、落ち着いてしまって」

「お前……自分がどんだけ心配したと！」

「すんません！　心配されてるなんて、思ってなかったんで」

「僕はそう言ったでしょ、メッセージで！」

思わず口を挟んだ僕にも、鳥谷君は頭を下げる。

「すんません！　あれは坂井さんの嘘だと……」

「嘘じゃないよ。猪田さん、めちゃくちゃ心配してたよ？」

口々に喋《しゃべ》る僕たちをまあまあと宥《なだ》めて、沖守さんは笑顔のままで言った。

「鳥谷さんね、お正月休みにお友達に会って、皆さんが会社勤めをなさったり、家族を持たれたりしているのを目《ま》の当たりにして、自分だけが置き去りにされたような気分になったんですって。それで荒れてしまって、あんなことを」

「……です」

どうやら沖守さんは、鳥谷君を匿《かくま》って、じっくり話を聞き、彼の心を優しく解きほぐしていたようだ。

なるほど、それでやけに食材を買いまくっていたわけだ、と僕はポンと手を打った。あれは、手料理で鳥谷君をもてなすためだったのかと、ようやく理解できた。

「……沖守さんに代弁してもらわんと、自分の言葉で言わんかい」

ようやく少し落ち着いたものの、まだ仁王立《におうだ》ちのままで、猪田さんは厳しく言った。鳥谷君は、鬼の間抜けな格好のままで、おずおずと口を開く。

「店燃やして、迷惑かけて、もう逃げるしかないと思いました。逃げて、ここでぼーっと庭とか見てたら、ああ、店に帰りたいな、パン生地触りたいなって。俺、パン屋の仕事、好きだったんだなって、気がつきました。他に行くとこないから、やることないからやってると思ってたけど、やりたいなって、初めて思いました」

「……トリ」

「師匠の顔見たいな、怒られたり教わったり褒《ほ》められたり……お客さんの顔も見たいなって。すんません。そんなん言える立場じゃないんですけど。あっ、あの、これは返します。手ぇつけてないです」

そう言って、鳥谷君はずっと握り締めていたものを、猪田さんに差し出した。

千円札が二枚。おそらく、火事の後、「何か買ってこい」と、猪田さんに渡されたお金だろう。

猪田さんはそれを無言で受け取る。

「あの。師匠が許してくれるんなら、俺、店に戻りたいです。パン焼きたいです。酒、控えます。煙草《たばこ》、やめます」

そんな鳥谷君の決意表明にも、猪田さんはそれこそ今度はそちらが鬼の形相《ぎょうそう》で、黙りこくったままだ。

「旦那《だんな》、これ、ダメじゃねえですか？」

「こら、そんなこと言わないの」

耳打ちしてきたトラキチを窘《たしな》めつつも、僕はドキドキして二人を見守った。沖守さんも同じようで、両手が胸の前で祈りを捧げるように組み合わされている。

「戻りたいです」

照明が反射するほどピカピカの坊主頭をもう一度下げた鳥谷君をよそに、猪田さんは何故かテーブルのほうへ向き直った。

そして……。

「鬼はー！　外ーっ！」

怒号のような声と共に、僕たちの目前で、大量の豆が宙に舞った。

それらは光り輝く鳥谷君の坊主頭にバチバチと当たりまくる。

「あいたっ！」

思わず悲鳴を上げる鳥谷君に、猪田さんは、他の人の席の豆を手のひらに開けると、また銅鑼声《どらごえ》を張り上げた。

「トリはー！　内ーっ!!!」

バチバチバチッ！

師匠の言葉の意味を理解した瞬間、大量の豆のつぶてを、今度は顔じゅうで受け止めた鳥谷君の細い両目から、滝のような涙が溢《あふ》れ出す。

「し、師匠……！」

「帰ってこい！」

思いを込めてそう言って、猪田さんは太い腕を広げた。

「ああ、よかったわ」

涙ぐみつつ、沖守さんは美しい師弟愛が結実した抱擁《ほうよう》シーンを期待して、目を輝かせ、見守っている。彼女はそういうところ、意外とミーハーで乙女《おとめ》なのだ。

しかし……。

ぐちゃぐちゃに泣きながら、師匠に駆け寄ろうとした鳥谷君は、その師匠が豪快に撒《ま》いた豆に足を取られ、漫画のようにつるっと滑ったかと思うと、でーんと床にお尻をついてひっくり返った。

「いってぇー！」

鳥谷君の大袈裟《おおげさ》な悲鳴と共に、トラキチと沖守さんの笑い声が、小さな食堂に響き渡る。

完全に乗り遅れた僕と、行き場をなくした腕を広げたままの猪田さんは、呆然としたまま顔を見合わせ……そして、同時に噴き出したのだった。

※この作品はフィクションです。実在の人物・団体・事件などにはいっさい関係ありません。

集英社オレンジ文庫をお買い上げいただき、ありがとうございます。
ご意見・ご感想をお待ちしております。

● あて先
〒101-8050　東京都千代田区一ツ橋2-5-10
集英社オレンジ文庫編集部 気付
椹野道流先生

ハケン飯友
僕と猫の、小さな食卓

集英社
オレンジ文庫

2023年8月23日　第1刷発行

著　者　椹野道流
発行者　今井孝昭
発行所　株式会社集英社
〒101-8050東京都千代田区一ツ橋2-5-10
電話【編集部】03-3230-6352
【読者係】03-3230-6080
【販売部】03-3230-6393（書店専用）
印刷所　大日本印刷株式会社

ISBN 978-4-08-680514-8 C0193